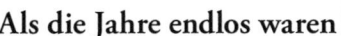

Als die Jahre endlos waren

Dieses Buch möchte ich meinen Enkelkindern widmen:
Brenda, Helge und Malte

Monika Eichler

Als die Jahre endlos waren

Kindertage im Vogelsberg

Bibliografische Information der Deutschen Nationalbibliothek
Die Deutsche Nationalbibliothek verzeichnet diese Publikation in der Deutschen Nationalbibliografie; detaillierte bibliografische Daten sind im Internet über http://dnb.d-nb.de abrufbar.

© 2010 Monika Eichler
Satz, Umschlaggestaltung, Herstellung und Verlag:
Books on Demand GmbH, Norderstedt
ISBN 978-3-8391-7575-0

Der Gänserich

Es war im Jahre 1950, als sich die folgende Geschichte abspielte. Immer am 1. Weihnachtsfeiertag wurde sie wieder aufgewärmt, und zwar von 1951 bis 1976, 25 Jahre also. Dann, nach dem Tod meiner Großmutter, wurde nicht mehr darüber gesprochen. Es war so: Im Sudetenland war es Brauch, zu Weihnachten Gänsebraten zu essen. Am Neujahrstag kam „Schweinsbraten" auf den Tisch. Das sollte Glück bringen. Gänsebraten am 1. Januar – das war ganz unmöglich, denn dann flog das Glück davon, und das will niemand. Meine Großmutter schlachtete Gänse aus den eigenen Beständen. Sie konnte auch Tauben schlachten und natürlich zubereiten. „Bei uns wurden die Gänse gestopft!" Das sagte sie immer ganz stolz, denn im Sudetenland war alles besser gewesen. Sie machte das damals nicht selbst, denn sie hatte eine Dienstmagd. Ich wusste nicht, dass es sich bei gestopften Gänsen um Tiere handelt, denen die Nahrung zwangsweise zugeführt wird. Ich verstand darunter, dass die Gänse „ausgestopft" wurden, denn ich hatte beim Förster in Schellnhausen schon einmal ein ausgestopftes Tier gesehen, und dass man die hübschen Gänse ausgestopft hat, fand ich einfach schön.

Ja, meine Tante bestellte damals in Groß-Felda eine Gans. Wenn wir zu unserem Flüchtlingsgarten gingen und einen kleinen Bach überquerten, fand sich bald eine ganze Schar Gänse ein und wir mussten uns einen Weg bahnen. Der Ganter war recht feindselig. Er zischte und streckte den Hals nach uns aus. Ich fürchtete mich vor ihm und ging ganz nah bei meiner Oma. Sie fürchtete sich nicht.

Zu Weihnachten sollte es endlich wieder einmal eine Gans geben. Das wollten sich meine Großmutter und meine Tante gönnen, nach so vielen Jahren ohne Gänsebraten. Zur Gans gehörten für sie Sauerkraut und Brot, keine Klöße, kein Rotkohl, keine Füllung. Es sollte schmecken wie damals in der Heimat.

Kurz vor Weihnachten holte meine Oma die Gans ab. Sie war schon gerupft, aber nicht ausgenommen. „Du wirst den Kragen bekommen", sagte sie zu mir, „denn das Fleisch ist ganz kurz und weich." Damit meinte sie den Hals der Gans. Am Heiligen Abend wurde nur eine einfache Mahlzeit eingenommen, dann kam die Christmette und dann am 1. Weihnachtstag „die Gans". Aber ach, die Gans war nicht zu essen. Das Fleisch war so zäh, dass man es nicht beißen konnte. Meine Tante arbeitete auch an den Feiertagen in der Molkerei und meinte, dass meine Oma die Gans vielleicht nicht lange genug im Ofen hatte.

Auch am 2. Weihnachtstag, nach ewigem Beschütten und Drehen, aßen wir Sauerkraut und Brot mit Gänsefett. – „Es war keine Gans", sagte meine Großmutter dann. „Sie haben uns einen alten Ganter verkauft." Noch etwas sagte sie, das mir lange nicht aus dem Kopf ging: „Wir sind halt nur Frauen – mit uns können sie es machen."

„Das war kein schönes Weihnachtsfest", sagten beide Frauen, aber zu Weihnachten weinten sie sowieso immer. „Ach", sagte dann meine Oma. „Die einen sind tot und die anderen sind in alle Himmelsrichtungen verstreut! Ich habe kein Glück mehr auf dieser Welt." Ja, sie hatte ihren Sohn verloren und kurz zuvor ihren Mann, und meine Tante den Freund und den Bruder. Ich streichelte dann meine Großmutter, aber ich konnte ihr Herz nicht erreichen.

Du gehst nicht fechten

In meinem Heimatort war es Brauch, dass die Kinder am Fasnachtsdienstag durch den Ort zogen und kleine Geschenke einsammelten. Sie verkleideten sich und hatten eine Tasche oder einen Korb dabei. Unter Gelächter und Getuschel zogen sie von Hof zu Hof, und überall bekamen sie etwas. Es gab Naschwerk, Eier, Kuchen oder kleine Münzen. – Ich wollte auch mitgehen. – In der Schule war schon die Rede davon gewesen und ich sagte meiner Großmutter nach dem Mittagessen, dass ich mich gerne verkleiden würde. Ich wollte eine Zigeunerin sein. Diese Verkleidung schien mir von der Auswahl der Kleidungsstücke her machbar. – Oh, Zigeunerin – das war nicht gut. Das hätte ich nicht sagen dürfen. Nach dem Krieg, als wir Sudetendeutsche im Vogelsberg landeten, wurden wir als Zigeuner bezeichnet. Wir sahen damals so aus. Abgekämpft und abgerissen – tagelang im Viehwagon. Da sieht man nicht gut aus. „Zigeuner" – das war für meine Großmutter das allerschlimmste Schimpfwort. –

„Das kommt nicht infrage. Du gehst nicht ‚fechten'." „Fechten" war ein anderes Wort für „betteln". Die Kinder bettelten aber nicht, sondern gingen von Haus zu Haus, weil das hier der Brauch war. Niemand dachte, dass sie betteln würden. – Meine Großmutter dachte darüber anders. „Du gehst nicht mit." Das war Gesetz.

Nun, ich setzte mich hin und wieder durch. Ich ging einfach unverkleidet mit. – Ich lief den anderen Kindern hinterher. – Zuerst wartete ich draußen vor den Häusern, bis sie wieder mit Jubelgeschrei herauskamen, aber einmal ging ich einfach mit hinein.

Eine junge Frau lachte und nannte die Kinder beim Namen. – Eine ältere Frau sagte zu mir: „Wem seist du dann?" Sie wollte wissen, wem ich gehöre oder wo ich hingehöre. Das war für mich eine schwere Frage. Die anderen Kinder schauten mich an und sagten: „Das ist Orms Monigga." In Ermenrod wurde mein Name so ausgesprochen, als würde er mit zwei g geschrieben werden. Meine Großmutter und ich hatten einmal bei „Orms" – das ist der Dorfname des Bauernhauses – gewohnt, aber inzwischen wohnten wir bei einem anderen Bauern. Ich gehörte ja nicht dem Bauern, bei dem wir einmal gewohnt hatten, und ich gehörte auch nicht zu dem Bauernhof, auf dem wir zurzeit wohnten. Eigentlich gehörte ich ja meiner Mutter, die niemand kannte, oder vielleicht meiner Großmutter, deren Namen aber auch niemand kannte. – Die junge Frau gab jedem Kind drei Pfennige. Die alte Frau gab mir ein Ei. – Das war ein großes Geschenk, also mehr als drei Pfennige. – Wenn es ein Ei für mich gab, wurde dieses immer weich gekocht und in einer Tasse verrührt. Mit einem Löffel durfte ich es aber nicht essen, sondern bekam Brotstreifen, die dann in die Eimasse getunkt wurden. Das Ei schmeckte so nicht sehr nach Ei, sondern mehr nach Brot.

Die Kinder rannten zum Kaufmann und kauften sich Bonbons. Wir nannten sie damals „Zuckersteine". Ich stand mit meinem Ei vor dem Geschäft und plötzlich kam ich mir wirklich wie eine Bettlerin vor. Hatte ich um ein Ei gebettelt? Warum hatte die alte Frau mir ein Ei gegeben? Das Ei konnte ich nicht mit nach Hause nehmen, denn dann wäre meine Unfolgsamkeit herausgekommen. Ich gab es einem der verkleideten Kinder und ging davon.

Das Foto

Wir wohnten nun schon einige Jahre im Vogelsberg und meine Großmutter schrieb ihren Geschwistern viele lange Briefe: wie wir jetzt wohnen und wie wir uns eingerichtet haben. Meine Oma hatte noch 13 Geschwister. „Wir waren 14 Kinder", sagte sie immer. Davon starben drei schon im Kindesalter. Elf Kinder wuchsen heran. Alle Brüder haben studiert, außer dem Bruder Otto, der die Landwirtschaft übernommen hat. Darauf war meine Oma sehr stolz. Die Mädchen hatten alle in Wien kochen und backen gelernt, und das war früher ganz wichtig. Ein Mädchen musste gut kochen können.

Hin und wieder kam ein Foto an, das das Haus zeigte, in dem ihre Geschwister nun lebten. So wollte irgendwann meine Oma auch das Bauernhaus fotografiert haben, in dem wir jetzt lebten. Wir hatten selbst keinen Fotoapparat, aber Gerhard, der in der Nachbarschaft wohnte, sollte ein Bild machen – aber erst im Sommer, wenn alles schön grünte und blühte. Gerhard war nicht immer da, und es zog sich alles über Monate hin. Dann irgendwann sollte es so weit sein. Meine Haare wurden gewaschen, die Zöpfe bekamen Schleifen und meine Oma nahm die Schürze ab. Ich bekam eine weiße Schürze umgebunden.

Nach langem Hin und Her über den Ort der Aufnahme und die Sonneneinstrahlung kam es schließlich zu den beiden Aufnahmen. Ein Bild zeigte meine Großmutter auf der Treppe mit dem Blick auf „unser Fenster mit den Blumenkästen" und ein Bild zeigte meine Großmutter mit mir im Schlepptau vor dem Haus.

Dann kamen nach Wochen die Bilder. Sie waren winzig klein und hatten einen gezackten weißen Rand. Der Rand war das Schönste daran. Die abgebildeten Personen waren nicht zu erkennen und das Haus war ebenfalls ein Rätsel und nur ganz von ferne zu vermuten. Meine Großmutter bedankte sich und fragte, was sie schuldig sei. Zu Hause konnte sie dann endlich ihrem Unmut Luft machen. Sie hatte sich das alles anders vorgestellt. „Man kann ja nichts erkennen", rief sie immer wieder und die Enttäuschung war groß. Nicht viel hätte gefehlt und sie wäre in Tränen ausgebrochen. Meine Tante tröstete sie damals und sagte, dass sie das in die Hand nehmen werde mit der Fotografie. Leider dauerte das aber auch wieder Monate und diesmal waren die Bilder nichts geworden. Sie waren „überbelichtet".

Das Kleid ist zu klein geworden

Ja, ich hatte nichts mehr anzuziehen. Mein Kleid war mir zu klein geworden. Es spannte über der Brust und die Ärmel waren zu kurz. „So kann sie nicht gehen – was werden die Leute sagen?", meinte meine Großmutter. Was hatte ich nur für komische Sachen, die immer kleiner wurden. Zuerst wurden die Ärmel kürzer und schließlich merkte man es beim tiefen Einatmen, dass der Stoff spannte. Auch die Strümpfe wurden kürzer. Mütze und Schal blieben, wie sie waren, auch die Handschuhe, aber die Kleider wurden Jahr für Jahr kleiner. Die Kleidungsstücke meiner Oma und meiner Tante behielten ihre Form. Sie sahen über Jahre gleich aus. Nur bei mir geschah dieses Phänomen. Aber ich konnte ja nichts dafür, denn ich war doch wie immer.

Manchmal brachten mir Bekannte aus dem Dorf abgelegte Sachen und ich musste sie gleich im Beisein der Besucher anprobieren. Das war mir ein Gräuel. Dabei sollte ich auch noch dankbar lächeln, aber das war zu viel verlangt. Ich probierte die Sachen missmutig an und machte mich dann aus dem Staub. Das kränkte meine Oma und sie schämte sich, weil ich so ein undankbares Geschöpf war. Sie schimpfte und schimpfte, aber ich konnte nicht aus meiner Haut heraus. Ich konnte nicht dankbar sein für die mir zugedachten Kleidungsstücke. Am liebsten hätte ich gesagt: „Nehmt sie wieder mit nach Hause, denn ich will sie nicht."

Am Abend inspizierte Tante die Geschenke. Bei manchen Stücken entschied sie, dass sich eine Änderung nicht mehr lohnte. „Da muss zu viel aufgetrennt werden und der Stoff ist schon zu schlecht." Dann war ich erleichtert und atmete auf. Manchmal entstand aber auch aus mehreren Resten ein neues Stück. Ich kann mich an ein Kleid erinnern, bei dem vier verschiedene Stoffe verarbeitet waren und das dann zuletzt sehr gut aussah. Ich brauchte immer einige Wochen, um mich an ein Kleidungsstück zu gewöhnen. Vorher waren es die Sachen von anderen Leuten und ich fühlte mich darin nicht wohl. Erst mit der Zeit wurden sie meine Sachen. An ein grünes Kleid kann ich mich noch gut erinnern. Alle Leute sagten, dass mir das Kleid gut stehe, aber ich konnte es nicht ausstehen, und das hatte einen Grund. Einmal war ein Bekannter meiner Tante zu Besuch. Ich hatte das Kleid an, und als er sich verabschiedete, sagte er: „Du siehst aus, als bekämst du eine Brust." Ich erschrak. Das konnte doch nicht sein, dass ich eine Brust bekam. Das Kleid war am Oberteil „gesmokt", also in kleine Fältchen gelegt. Nun war mir das Kleid verhasst, denn ich wollte unmöglich eine Brust haben. Ich war heilfroh, dass der Bekannte sich geirrt hatte.

Das Lesen

Lange Zeit dachte ich, dass das Lesen für mich zu schwer sei, und dann praktisch über Nacht konnte ich es. Ich las dann alles: die Schilder mit Werbeaufschriften, die Texte im Liederbuch und im Gesangbuch und die Geschichten aus unserem Lesebuch. Omas Schrift konnte ich in den ersten Jahren nicht lesen, denn sie schrieb in „deutscher Schrift". Sie schrieb besonders schön und ganz langsam. Bei meiner Großmutter war es wichtig, alles langsam zu tun.

Wenn es draußen dunkel wurde, dann durfte ich nicht mehr lesen, weil ich mir sonst die Augen verdorben hätte. Den Lichtschalter durfte ich aber auch nicht einschalten, weil wegen meiner Leserei kein „Licht verbrannt" werden sollte. So hieß das früher. Als ich schon ganz gut lesen konnte, bekam ich das Buch „Heidi" zu Weihnachten. Ich las gerne darin, aber die Schrift war so klein und ich kam nicht richtig vorwärts, denn bei manchen Reihen musste ich wieder von vorn anfangen, wenn es komisch klang und ich nicht wusste, was gemeint war. Dann wurde es duster und ich musste schon wieder aufhören. Ich wollte aber nicht aufhören, denn die Geschichte von dem kleinen Mädchen, das zum Großvater gebracht wurde, interessierte mich und das Buch roch so gut. Was sollte ich machen? Nun, ich holte unseren kleinen Hocker – das Stockerle – und setzte mich vor den Ofen. Wenn ich die Tür zur Feuerung etwas öffnete, schien der helle Schein des Feuers direkt auf mein Buch. So ging das eine Weile, aber meine Oma hatte ihre Bedenken: „Du verbrennst dir die Haare, du wirst blind, Feuer fällt auf den Boden", usw., usw. „Hör jetzt auf!" Dann musste ich wirklich aufhören, aber ich freute mich beim Einschlafen schon auf den nächsten Tag und die schöne Zeit mit Heidi, Peter und dem Großvater.

Das Sanatorium

Meine Mutter war lange krank gewesen. Sie habe es „auf der Lunge", sagten die Leute, und das klang wie ein Todesurteil. Irgendwann kam Post und sie schrieb, dass sie Besuch empfangen könne und dass ihre Krankheit nun nicht mehr ansteckend sei. Sie bat, mich zu sehen. Meine Tante hatte einen Bekannten, der uns nach Marburg fuhr, und zwar in das Sanatorium Sonnenblick. Ich konnte mich nicht mehr so richtig an meine Mutter erinnern, aber als ich sie sah, kam sie mir wieder bekannt vor. Meine Tante ging mit ihrem Kollegen spazieren und ich blieb bei der Mutter. Wir setzten uns auf die Sonnenterrasse und schauten weit über die bewaldeten Berge und die Stadt Marburg. Sie roch nicht nach Zigaretten und das war neu für mich. Ich kannte sie nur mit dem ihr eigenen Geruch und sie kam mir deshalb fremd vor.

Sie wollte viele Dinge wissen und ich erzählte ihr von der Schule und den schweren Textaufgaben, die ich noch machen musste, und zeigte ihr meine Knie, auf die ich gefallen war. Sie lächelte zu allem, auch wenn es unangenehme Dinge waren.

Zum Abschied schenkte sie meiner Tante und mir ein Schmuckkästchen. Das größere Kästchen für meine Tante war rot und das kleinere für mich war blau. Offensichtlich wusste sie nicht, welches meine Lieblingsfarbe ist. Die Kästchen waren aus Röntgenplatten hergestellt und kunstvoll mit Perlgarn verarbeitet. Noch nie hatte ich so etwas Schönes gesehen. Sie hatte die Kästchen selbst hergestellt. Ich freute mich sehr und konnte nicht genug staunen. Da weinte meine Mutter vor Rührung, dass sie mir so eine große Freude machen konnte. Die Tränen liefen ihr an den Wangen herunter.

Auf dem Heimweg dachte ich, dass bei meiner Mutter alles anders ist als bei anderen Menschen. Normalerweise ist man traurig, wenn man von unangenehmen Dingen erfährt, und lacht, wenn sich jemand freut. Sie hatte gelächelt, als ich ihr von den schweren Rechenaufgaben erzählte, und geweint, als ich mich über das Kästchen freute.

Das soll nun einer verstehen. Ich kam zu dem Schluss, dass eine Mutter doch ein merkwürdiger Mensch ist.

Der Nikolaus

Bei uns zu Hause war immer nur vom Christkind die Rede. Einen Weihnachtsmann kannten wir nicht. Für uns war damals der Weihnachtsmann, wenn eine Geschichte von ihm berichtete, der Nikolaus. Einmal, es war am 6. Dezember, kamen wir Schulkinder aus der großen Pause zurück und wunderten uns. Die Tür zum Schulzimmer war verschlossen. Neugierig warteten wir und schauten durch das Schlüsselloch, denn drinnen im Raum hörten wir Geräusche. Dann wurde die Tür geöffnet. Unsere Augen wurden riesengroß. Kerzen waren angezündet worden und auf jedem Platz lag eine Apfelsine. Der ganze Schulraum duftete. Es war wie ein schöner Traum. Ganz leise setzten wir uns auf unsere Plätze. Ich hatte damals noch nie eine Apfelsine gegessen, aber auch viele meiner Mitschüler drehten sie ungläubig in der Hand herum. Der Lehrer las uns eine Geschichte vor und wir hörten feierlich und glücklich zu.

Zu Hause zeigte mir meine Großmutter, wie man die Apfelsine schält und in Spalten teilt. Mir lief schon das Wasser im Mund zusammen, denn es dauerte mir zu lange, bis ich endlich versuchen durfte. Im Sudetenland komme der Nikolaus mit seinem Knecht Ruprecht schon am 5. Dezember, erklärte mir meine Oma, also sei in diesem Jahr alles vorbei. Sie erzählte mir auch nichts Gutes vom Nikolaus, man müsse froh sein, dass man einen solchen Gesellen nicht trifft.

In der Geschichte des Lehrers hatte der Nikolaus Gaben verteilt und war ein guter Mann. Meine Oma meinte, dass der Nikolaus kleine Kinder verschleppe und verspeise. Was sollte ich jetzt glauben? Es war eine schwere Zeit und ich ging an den folgenden Abenden nicht mehr vor die Tür. Wenn ich einen Mann mit einem Sack auf dem Buckel sah, rannte ich so schnell es ging nach Hause.

Die Dämmerstunde

Die Dämmerstunde war für meine Großmutter die schönste Stunde des Tages. Die wichtigsten Arbeiten waren getan und der Tag war überschaubar geworden. Bald würde ihre Tochter nach Hause kommen und Ereignisse aus dem Nachbarort und aus der Molkerei berichten. Ich liebte diese Stunde besonders in der Vorweihnachtszeit, denn dann wurde eine Kerze angezündet. Manchmal kamen auch Bekannte aus der alten Heimat und dann wurde der Rosenkranz gebetet.

Es kam immer weniger Licht in unser Zimmer, aber die Lampe wurde noch nicht eingeschaltet. Um etwas zu lesen oder zu spielen, reichte die Helligkeit nicht aus, aber man konnte sich noch unterhalten. Meistens kam meine Oma ins Schwärmen und ich hörte ihr gern zu. Früher im Sudetenland, da war alles viel schöner. Das Dorf war so einzigartig gewesen, in dem sie gewohnt hatte. Mitten durch den Ort war ein Bach verlaufen und der Ort war in „kleine Seite" und „große Seite" aufgeteilt gewesen. Mitten im Ort war ein Kriegerdenkmal und zu „Peter und Paul" fand ein großes Volksfest statt, mit Ringelspiel und Buden. Auch die Gegend war viel schöner als hier. Gleich neben ihrem Haus war die Kirche und nach dem Kirchgang kamen die Verwandten zur Familie meiner Großmutter. Oft hatte dann Oma schon den frischen Hefekuchen bereit. Er war noch etwas warm und das war das reinste Sonntagsvergnügen. Oft kam auch der Herr Pfarrer zum Essen. Die Landschaft war ganz flach und fruchtbar. Ganz in der Ferne habe man die Schneeberge gesehen. Hier sei alles steinig und bergig.

Das Wetter war im Sudetenland auch viel besser. Der Winter hatte viel mehr Schnee und alle Männer des Dorfes mussten den Schnee räumen. Er lag haushoch. Wenn es einmal geregnet hatte, war es nicht gleich kalt, wie im Vogelsberg. Ein Sommer war ein richtiger Sommer und ein Winter ein richtiger Winter. Hier sei alles nichts Halbes und nichts Ganzes, sagte sie. Die Bauernhöfe im Sudetenland seien viel größer und die Maschinen moderner. Ich verstand alles nicht so recht. Für mich konnte ein Sommer nirgendwo schöner sein als in Ermenrod und auch ein Winter war hier herrlich mit viel Schnee und täglichen Schlittenfahrten.

Wir hatten ein Vogelkästchen am Fenster. Darin lag die Speckschwarte, die ihren Dienst geleistet hatte, Brotkrümel waren vorhanden und Haferflocken, aber nicht alle Vögel waren willkommen. Wenn sich einmal hungrige Spatzen zu uns verirrten, dann jagte meine Großmutter sie weg. Zu uns sollten nur Singvögel kommen, aber das wussten die Vögel nicht und Hunger hatten sie alle. Immer wieder versuchte ich, ihr die Situation mit den hungrigen Vögeln zu erklären, aber vergeblich. Im Sudetenland waren immer nur Singvögel zu ihrer Futterstelle gekommen und hier kamen hauptsächlich Spatzen.

Das verbotene Buch

Als ich endlich lesen konnte, war mein Lieblingsbuch „Heidi". Es war eigentlich auch mein einziges Buch. Die anderen Bücher gehörten in die Schulbibliothek, so z. B. die Gisel- und Ursel-Bücher. Meine Großmutter las die Zeitung und schwärmte von den Romanen, die sie im Sudetenland gelesen und dort hatte zurücklassen müssen. Sie waren von Courths-Mahler. Meine Tante las wenig, da sie auf einem Auge blind und das Lesen deshalb sehr anstrengend für sie war. Hin und wieder schaute sie allerdings in ein Buch mit dem Titel „Was eine Frau wissen sollte". Meist las sie darin, wenn ich schon im Bett lag. Sie saß dann auf dem Tisch direkt unter der Lampe. Meine Oma machte ein brummiges Gesicht, wenn Tante in dem Buch las, denn sie hielt nichts von diesem Buch. Einmal wollte ich das Buch haben, aber nur, um darin zu blättern, denn vom Titel her interessierte es mich nicht. Ich war ja keine Frau und wollte auch nicht wissen, was Frauen wissen sollten. Die Art, wie meine Großmutter mir verbot, in dem Buch zu blättern, machte mich neugierig. Es musste doch etwas Besonderes in dem Buch stehen, und als ich einmal fragte, was in dem Buch stehe, wurde meine Oma böse und sagte, dass ich dazu noch zu klein sei, und verbot mir mit ausgestrecktem Zeigefinger, das Buch anzurühren.

Da hatte sie bei mir etwas angerichtet. Ich achtete jetzt darauf, wo meine Tante das Buch hinlegte. Sie legte es oben auf den Schrank, aber nicht an den Rand, sondern weiter nach hinten. Auch wenn ich mich auf einen Stuhl stellen würde, wäre es nicht zu erreichen. Einmal legte sie es in den Schrank und zwar in die hinterste Ecke. Da komme ich dran, dachte ich mir, und es dauerte auch nicht lange, bis sich eine Gelegenheit bot.

Meine Großmutter nahm den Holzkorb und ihr kleines Beil, mit dem sie Holz spaltete, aber auch Kleinholz zum Anheizen herstellte. Nun würde es eine Weile dauern und ich war allein. Unten auf dem Hof traf sie meist auf Leute, mit denen sie sich unterhielt, und das war für mein Vorhaben gerade richtig.

Ich wühlte im Schrank herum und hatte auch schon das Buch gefunden. Ich las den ersten und den zweiten Satz, aber langweiliger konnte ein Buch nicht sein. So blätterte ich ein wenig herum und dachte mir, dass das Buch wirklich nichts für mich sei. Doch, da war eine Zeichnung. Wenigstens etwas. Das Bild einer Frau war gezeichnet. Dass es eine Frau war, sah man an den zwei runden Kreisen im Brustbereich. Da, wo normalerweise der Bauch gezeichnet sein sollte, war ein Kreis und darin eine Art Pflanze oder Blume. Als ich diese Zeichnung ausgiebig studierte, kam meine Großmutter mit dem Holz herein. Sie nahm das Buch und schleuderte es auf den Schrank. Dann musste ich meine Finger auf den Tisch legen und sie nahm ein kleines Holz und schlug mir darauf herum, was sehr, sehr schmerzhaft war. Ich musste ihr versprechen, dass ich das Buch nicht mehr anrührte. Sie sagte, dass sie mir die Finger ganz abschlüge, wenn ich ihr nicht gehorchte, und das glaubte ich fest, denn das Beil lag noch auf dem Tisch.

Das Buch habe ich natürlich nie mehr angerührt. Dafür taten mir meine Finger zu weh, aber Jahre später sah ich haargenau das gleiche Bild aus dem Buch im Schulranzen meines Sohnes. Er hatte es in der Schule bekommen, im Sexualkundeunterricht, und es stellte die Gebärmutter und die Eierstöcke bei einer Frau dar. Er musste das Bild damals ausmalen.

So ändern sich die Zeiten.

Der Besuch des Pfarrers

Einmal war großer Jubel im Haus. Meine Großmutter und meine Tante umarmten sich und meiner Tante kamen die Tränen vor Freude. Das war so ein seltenes Ereignis, dass ich es nicht vergessen habe. Ein Brief war gekommen und darin stand, dass ihr ehemaliger Pfarrer aus dem Sudetenland am Sonntag zu Besuch komme. Mit dem Fahrrad würde er kommen, und zwar aus Schlitz. Mit diesem Pfarrer verband meine Großmutter und meine Tante eine lange Freundschaft. Er war Leiter des Kirchenchores gewesen, bei dem meine Tante gesungen hatte, und er war auch derjenige, der mit den Mädchen des Dorfes und der Umgebung Theaterstücke einstudiert hatte, und sogar Operetten, die dann überall mit großem Erfolg aufgeführt wurden. Das letzte, das sie einstudiert hatten, war die Schubertmesse.

Früher im Sudetenland war er auch oft zum Mittagessen gekommen und sie wussten, dass er am liebsten Backhendl aß. Es würde am Sonntag Backhendl geben, und damit wollten sie ihn überraschen. Meine Tante setzte alle Hebel in Bewegung, ein Hähnchen aufzutreiben. Omas Backhendl waren die besten im ganzen Kreis gewesen und Salat sollte es dazu geben, mit Speck und Stampfkartoffeln. Alles wie im Sudetenland. Bei meiner Oma wurde das Hähnchen zuerst in sechs Teile geteilt, gewürzt und dann einpaniert, wie ein Schnitzel. Dann briet sie es langsam in der Pfanne goldgelb. Danach kam es in die Röhre und so wurde es besonders knusprig. Einmal hatte meine Oma viele solcher Backhendl für eine Taufe zubereitet. Für die Gäste sei es schwierig gewesen, das Hendl mit Messer und Gabel zu essen, aber es war eine feine Gesellschaft und da sollte es nicht so rustikal zugehen. Dann sei der Herr Pfarrer gekommen und habe sofort sein Backhendl in die Hand genommen und sei der Meinung gewesen, dass es so am besten schmecke. Alle Gäste waren damals erleichtert und konnten auch nach Herzenslust hineinbeißen.

Dann am Sonntag kam er an. Meine Tante war noch in der Molkerei und meine Oma sagte, dass er so schlecht aussehe, dass sie ihn fast nicht erkannt habe. Dann kam Tante. Es wurde gegessen und viel erzählt und erzählt. Als die Russen kamen, hatten sich die jungen Frauen des Dorfes in einem kleinen Raum hinter der Orgel versteckt. Für mich klang das alles nach Versteckspielen und Räuber und Gendarm, aber es muss damals sehr aufregend gewesen sein. Der Pfarrer habe sie damals betreut, eingeschlossen und vor den Übergriffen der Russen bewahrt. Sie erzählten, als sei es gestern gewesen, und dann wurde es langsam dunkel und der Herr Pfarrer machte sich auf den Heimweg. Er fuhr aber nicht nach Schlitz zurück, sondern mit dem Rad weiter nach Hainbach, denn dort wartete auch eine Familie aus dem Sudetenland auf seinen Besuch. Meine Tante und ich gingen mit ihm bis zum Waldrand. Es war ein sehr weiter Weg. Dort verabschiedeten wir uns und wir gingen zurück. Er stand noch sehr lange am Waldrand und winkte immer, wenn wir uns umdrehten.

Als wir wieder im Dorf waren, weinte meine Tante wieder, denn es waren ihre schönsten Jahre gewesen, die sie mit der Gesangsgruppe im Sudetenland verbracht hatte.

Die Molkerei

Meine Tante arbeitete meist in der „Packerei". In den ersten Jahren nach dem Krieg wurde der runde Kuckucks-Camembert-Käse mit der Hand in „Stanniolpapier" verpackt. Das war die Aufgabe von „Bertl" und meiner Tante. Die beiden Frauen hatten Jahr für Jahr zusammen gearbeitet und waren Freundinnen geworden. Manchmal besuchte ich die beiden. Ich schaute dann immer zuerst eine Weile durch das Kellerfenster auf der Straßenseite. Wenn sie allein waren, ging ich dann hinein und unterhielt mich mit ihnen. Bertl war auch aus dem Sudetenland. Sie hatten dort ein Schuhgeschäft gehabt und man konnte die besten Schuhe bei ihr kaufen. Solche Schuhe gibt es heute nicht mehr. Alle Leute, die etwas auf sich hielten, kauften damals die Schuhe bei ihr und ihrem Mann in dem schönen Geschäft. Von dem Geschäft erzählte sie immer wieder und nun war sie hier beim Käseeinpacken. Später bekamen die beiden eine Packmaschine. Diese arbeitete aber nicht immer einwandfrei. Oft zerbrach ein Käse in der Maschine und diese „Brocken" brachte meine Tante mit nach Hause. Ich hätte so gerne einmal Wurst gegessen, aber ich hatte jeden Tag diesen Käse auf dem Schulbrot. Es war noch der reinste Quark, denn er war nicht „ausgereift".

Bertl war oft traurig, denn sie hatte einen Sohn verloren und ein zweiter Sohn war ganz jung an Kinderlähmung erkrankt. Er war drei Jahre älter als ich, und hin und wieder besuchte ich ihn und spielte mit ihm „Mensch ärgere Dich nicht". Einmal sagte Bertl, dass ich den Kurti, so hieß ihr Sohn, später heiraten solle, wenn ich groß sei. Ich sagte sofort zu, denn es gefiel mir nämlich gut bei ihr in der Wohnküche. Das Schönste war ein Bild an der Wand, auf dem eine Puppenstube abgebildet war. Ich hätte das Bild gerne gehabt und überlegte, ob ich nicht schon eher hier einheiraten könnte. Meine Tante und Bertl waren sich immer einig. Es ging immer darum, dass sie sehr schwer arbeiten mussten. Die anderen Arbeiterinnen bekamen „Nässezulage", und einmal, als ich mir das Kesselhaus, die „Käserei", die „Butterei" und den „Buttermeister" anschauen durfte, sah ich, dass die Bediensteten regelrecht im Wasser standen bei ihrer Arbeit. Nun verstand ich das auch mit der Nässezulage.

Neben dem Chef und seiner Frau, bei denen meine Tante immer aushelfen musste, wenn Gäste kamen, wohnte ein weiteres Ehepaar in der Molkerei. Sie hießen Irma und Heinrich, und meine Tante beneidete Irma sehr, denn bei ihr kam das heiße Wasser damals schon direkt aus der Leitung.

In einem kleinen Haus neben der Molkerei wohnte die Familie Gold. Es war auch eine Flüchtlingsfamilie und Herr Gold fuhr das Molkereiauto. Als Kind dachte ich, dass bei ihnen viele Dinge aus Gold seien, weil sie doch schon so hießen, aber das war sicher ein Trugschluss.

Einmal war ein großes Fest in Groß-Felda und alle Molkereibediensteten gingen in ihrer Arbeitskleidung durch das Dorf. Voneweg marschierte eine Musikkapelle und dieser folgte ein Pferdegespann. Ein riesengroßer Camembert aus Holz wurde durch die Straßen gerollt, und meine Großmutter und ich standen am Straßenrand. Als wir Tante vorbeigehen sahen, winkten wir ihr zu und wir waren sehr stolz. Sie hatte ihren weißen Kittel an und ein Häubchen auf.

Die Ohrfeigen

Einmal war meine Tante aus Stuttgart mit ihren Kindern zu Besuch. Sie hatte drei kleine Jungs und meine Oma war glücklich, dass sie ihre Enkelkinder da hatte, und erfreute sich an den „goldigen Buberln". Der Älteste der Buben war drei Jahre jünger als ich und ich sollte ihn mitnehmen, wenn ich zum Spielen nach draußen ging. Er war erst sechs und ging noch nicht mal zur Schule. Ich konnte nichts mit ihm anfangen und meine Freundinnen sagten: „Musst du den immer mitbringen?" Wir spielten immer „Vater, Mutter, Kind" und er sollte das Kind sein. Bei allem, was er machen sollte, sagte er „hanoi". Das heißt „nein". Er sprach schwäbischen Dialekt und für meine Spielgefährten war er ein „Ausländer". Er verstand nichts. Wenn er wenigstens ein Mädchen gewesen wäre. Ja, er war mir ein Klotz am Bein. Einmal versteckten wir uns und dachten: „Wenn er uns nicht mehr sieht, dann geht er heim." So war es auch. Er suchte uns eine Weile und rief. Dann plärrte er und ging nach Hause.

Jetzt kam meine Tante heraus. Sie war wütend, weil ich ihren Sohn nicht mitspielen ließ. Sie rief nach mir, und als ich bei ihr war, schlug sie auf mich ein. Ich wusste, dass ich einen Fehler gemacht hatte, aber noch nie hatte ich einen Menschen so wütend gesehen. Ihren ganzen Zorn bekam ich zu spüren und sie ließ erst von mir ab, als ich auf dem Boden lag. Ich sah meine Großmutter am Fenster stehen, und als ich da lag und das Gefühl hatte, ein Messer sei in meinem Kopf, dachte ich, dass sie kommen und mir beistehen würde. Die Kinder waren vor Schreck weggelaufen und meine Tante war nicht mehr zu sehen. Ich konnte nichts hören und hatte fürchterliche Kopfschmerzen. Mir war so schlecht wie in meinem ganzen Leben noch nicht, und ich dachte nur immer, dass sicher meine Oma gleich komme. Niemand kam und ich lag da, bis es dunkel wurde. – Ganz langsam ging ich damals nach Hause.

Zu Hause in unserem Zimmer waren viele Leute, aber ich war so allein wie noch nie. Meine Oma hatte am Fenster gestanden; das ging mir nicht aus dem Sinn. Sie hatte alles mit angesehen. Hatte sie ihre Tochter geschickt, um mich zu bestrafen? Sie hatte mir nicht geholfen und kümmerte sich auch jetzt nicht um mich. Damals dachte ich, dass es doch vielleicht besser sei eine Mutter zu haben als eine Großmutter.

Mit der Zeit vernarbten meine Trommelfelle und ich hörte wieder sehr gut. Wenn ich mich erinnerte, dachte ich nie mehr an meine wütende Tante, sondern an meine Großmutter, wie sie am Fenster stand.

Das ist eine Notlüge

„Lügen haben kurze Beine", sagte unser Lehrer und wir Kinder wussten, was gemeint war. Außerdem war es eine Sünde, wenn man jemanden anlog, und das musste gebeichtet werden. Beim Beichten unterschieden wir zwischen Todsünde und lässlicher Sünde. „Eine Todsünde zu begehen, dazu seid ihr noch nicht in der Lage, aber hütet euch", so sprach der Herr Pfarrer.

Einmal war ich bei Gisela. Sie wohnte im Gemeindehaus gegenüber dem Bullenstall. Außer ihrer Familie wohnten noch drei „Parteien", so würde es meine Oma nennen, in diesem Haus. Eigentlich war sie keine richtige Freundin, denn das Spielen mit ihr endete immer in einem plötzlichen Wutausbruch von ihr und dann bekam man eine runtergehauen. Sie war Backpfeifenspezialistin. Wir Kinder wussten das alle und ich weiß nicht, warum ich überhaupt hin und wieder mit ihr spielte.

Einmal sagte ihre Mutter, dass wir ihr Sanella holen sollten. Dazu gab es beim Kaufmann Bilder oder kleine weiße Figuren zum Sammeln. Sie wusste, was der Einkauf kosten würde, aber in ihrer Geldbörse waren fünf Pfennige zu wenig. Nun konnten wir ja nicht gehen. – Die Mutter meinte, dass wir trotzdem einkaufen gehen sollten und dann, wenn der Preis genannt werden würde, sollten wir so tun, als hätten wir die fünf Pfennige verloren. Ich war ganz aufgeregt. Was sollten wir da? Gisela lief und ich rannte mit. Diese Angelegenheit überforderte mich. Es war doch eine Sünde, wenn wir sagten, dass das Geld verloren gegangen sei. Ich brachte Gisela meine Bedenken vor und sie meinte: „Das ist keine richtige Lüge. Das ist eine Notlüge." Gut, Gisela traute ich so allerhand zu, aber in diesem Fall hatte ja die Mutter uns dazu angehalten zu lügen. Als der Preis genannt wurde, suchte Gisela in ihrer Schürzentasche herum, obwohl sie ja wusste, dass fünf Pfennige fehlten. Ich wollte schon sagen, dass sie nicht zu suchen brauche, denn das Geld sei ja nicht da, aber ich war ruhig. Dann tat sie erschrocken und sagte: „Ich habe das Geldstück verloren."

Das war ein Problem für mich. Normalerweise machten doch die Eltern solche Fehler nicht. Gut, meine Mutter rauchte und machte auch sonst allerlei falsch, wenn man meiner Oma glauben sollte, aber meine Mutter war sowieso eine Ausnahme. Meine Großmutter würde doch nie lügen oder schon gar nicht zur Lüge anstiften.

Vielleicht gab es doch die Notlüge als Ausrede in der Not? Sonst gäbe es ja auch nicht das Wort „Notlüge". Das war doch gut. Damit war das Leben leichter. Notlügen sind keine Lügen. Wir bekamen die Margarine und zu Hause bekam Gisela ein Margarinebrot und ihre große Schwester Christel bekam ebenfalls eins geschmiert.

Die Laugenbrezel

Ein Jahr meiner Kindheit verbrachte ich in Stuttgart. Die Erinnerung vergoldet, denn ich denke gerne an diese Zeit, die ich mit den Kindern aus der Straße verbrachte. Das Familienleben war nicht angenehm, aber z. B. das Versteckspiel draußen habe ich in besonders schöner Erinnerung. Die Gärten an den Häusern waren alle mit Hecken eingefasst und beim Verstecken waren diese Hecken ideal, und außerdem hatten sie einen einzigartigen Geruch von Frische und Gras, den ich seit dieser Zeit nie mehr so intensiv wahrgenommen habe. Manchmal stecke ich meine Nase im Vorbeigehen in eine Hecke hinein und wünsche mir diesen wunderbaren Geruch herbei, aber dieser ist wie weggeblasen.

Es war dort in Stuttgart für mich eine sehr ärmliche Zeit. Meine Tante hatte vier Kinder und später kam noch ein kleiner Junge dazu. Meine Gedanken drehten sich den ganzen Tag um das Essen. Ganz speziell hatte ich es auf Laugenbrezeln abgesehen. Eine Brezel kostete damals 13 Pfennige und ich war ganz neidisch, wenn manche Schulkinder sie in der Pause aßen.

Direkt im Nachbarhaus wohnte eine alte Frau und ich war froh, wenn ich für sie etwas erledigen konnte. Bei ihr fühlte ich mich wohl. Wir befreiten zusammen den Garten von Unkraut und danach den Hof. Dieser war gepflastert, aber in jeder Ritze spross das Gras, und wir hatten viele Tage Arbeit. Als alles fertig war, sollte ich mit ihr ins Haus gehen. Zuerst dachte ich, dass sie mir etwas zu essen oder zu trinken anbieten würde, denn ich hatte immer Hunger. Nein, wir gingen ins Wohnzimmer und sie legte mir eine große, wunderschöne Puppe in den Arm. Ihr Kleid war aus Seide und Spitze und die Haare waren kunstvoll hochgesteckt. Die Puppe hatte „Schlafaugen" und sie sollte mir gehören. – Ich überlegte, was passieren würde, wenn ich sie mit nach Hause nehmen würde. Drei wilde kleine Buben warteten wahrscheinlich schon darauf. Das war einfach unmöglich, diese schöne Puppe mitzunehmen. Ich druckste eine Weile herum und schließlich traute ich mich und fragte, ob ich anstelle der Puppe 13 Pfennige haben könne, um mir eine Laugenbrezel zu kaufen. Die alte Frau verstand die Welt nicht. Mit einem ganz merkwürdigen Blick stellte sie die Puppe wieder auf die Kommode. Schwerfällig kramte sie nach ihrem Kleingeld und zählte mir 13 Pfennige hin. Als ich mir das Geld nahm, kam ich mir wieder einmal sehr undankbar vor. Plötzlich hatte ich keinen Hunger mehr und alles war nur noch peinlich. – Aber nun war es so geschehen und ich ging mit dem Geld davon.

Am nächsten Morgen, als ich zur Schule ging, erschien die alte Frau am Fenster und reichte mir 13 Pfennige heraus. Da lachten wir beide glücklich und das ging viele Tage so.

Der Fußabstreifer

Meine Großmutter war in Stuttgart bei meiner Tante und ich war in dieser Zeit tagsüber allein. Meine Tante kam gegen Abend nach Hause. Meist war der Zeitpunkt unbestimmt, denn sie half neben ihrer Tätigkeit in der Molkerei auch der Chefin bei der Hausarbeit. Ich wartete schon auf sie oder ging ihr auf der Straße entgegen. Sie bereitete dann eine Mahlzeit für uns zu.

Unser Zimmerschlüssel steckte immer außen. Der Schlüssel zur Haustür (ein riesiges Monstrum) steckte immer innen. Meist waren alle Türen unverschlossen, auch die Tür zum „Kammerle" und die Tür zum Schlafzimmer der Bauersleute. Eigentlich war immer alles unverschlossen, denn es gab ja wenige Wertgegenstände, die geschützt werden mussten.

Einmal weckte mich meine Tante morgens mit dem Hinweis, dass ich heute den Schlüssel mit in die Schule nehmen solle. Sie habe am Vortag am Dorfende des Nachbardorfs Zigeuner gesehen und da könne man nicht vorsichtig genug sein. Ich nahm also den Schlüssel heute mit in die Schule. An den Tagen vorher hatte ich einfach die Tür hinter mir zugezogen. Am Nachmittag hatte ich etwas vor und nun war das Problem mit dem Abschließen. Meine Oma legte manchmal den Schlüssel unter die Fußmatte, die bei uns „Fußabstreifer" hieß. Das wollte ich auch machen, denn meine Tante sollte ja ins Zimmer können, um etwas zu kochen. Nun war ich mir unsicher, ob sie daran denken würde, dass der Schlüssel unter der Matte lag. Ich wollte nichts falsch machen. Ich überlegte lange hin und her. Was sollte ich machen? Wenn ich ihn mitnähme, könnte sie nicht rein. Wenn ich ihn versteckte, fände sie ihn nicht. Ich beschloss, ihr eine Nachricht zu hinterlassen. Ich riss das letzte Blatt aus meinem Heft heraus. Das erste ging auch mit heraus, aber das war nicht zu ändern, denn ich war ja schon fast in der Mitte. Nun schrieb ich: „Der Schlüssel liegt unter dem Fußabstreifer." Das war die beste Idee.

Tags darauf besuchte uns ein Versicherungsvertreter. Er schloss eine kleine Spardose auf und nahm den Inhalt heraus. Deutscher Lloyd stand auf der Spardose. Er sagte, dass er gestern schon einmal hier gewesen sei und einen Zettel gefunden habe, mit einer Einladung. Da lachte meine Tante und der Herr lachte auch. Meine Tante sagte zu mir: „Wenn du einem Einbrecher sagst, wo der Schlüssel liegt, dann brauchst du doch nicht abzuschließen." – Ein Einbrecher? – Da wäre ich nie darauf gekommen. Hier war noch nie ein Einbrecher und sicher würde bei uns nie jemand einbrechen.

Die Wasserfarben

Es war in der Adventszeit, als ein Herr vom VdK – dem Verein der Kriegsopfer und Kriegshinterbliebenen – zu uns kam. Er sprach mit meiner Großmutter und lud uns zu einer Weihnachtsfeier ein. Sie sollte in einer Gaststätte stattfinden, im dortigen Saal. Die Kinder hätten einen Wunsch frei, den der Weihnachtsmann erfüllen würde, falls es machbar sei.

Obwohl ich anwesend war, fragte er meine Oma, ob ich einen Wunsch habe. Sie sagte, dass ich alles hätte, was ich bräuchte, und dass ich keine Wünsche hätte. Meine Großmutter war sehr bescheiden. Das mit dem Wunsch war natürlich nicht richtig, aber ich traute mich nicht, ihr zu widersprechen. Der Herr hatte nur ein Bein. Das zweite war ein Holzbein. Ich glaubte damals, dass ein Kriegsopfer ein Mann sei, der ein Bein oder einen Arm verloren hatte. Dass meine Großmutter und ich auch mit dem Krieg zu tun haben sollten und dass wir auch Kriegsopfer seien, verstand ich nicht, denn wir hatten ja noch Arme und Beine.

Er hatte einen Stock, und als er ging, bat er mich, ihm auf der Treppe behilflich zu sein. Ich ging mit ihm, trug auf der Treppe seinen Stock und begleitete ihn bis zur Straße. „Hast du wirklich keinen Wunsch?", fragte er mich, als wir uns verabschiedeten. Ich hatte ja einen Wunsch, aber sollte ich das jetzt wirklich sagen? Ich überlegte ganz aufgeregt. Ich wünschte mir einen Malkasten, und zwar Wasserfarben. Meine Oma hatte das auch gewusst, aber für sie war das „Schweinerei" und sie wollte nicht, dass ich damit malte. Der Herr war freundlich und so sagte ich ihm, dass ich mir einen Farbkasten wünschte. Da war es raus und ich sagte meiner Großmutter, dass ich mir doch etwas gewünscht hätte. „So einen großen Wunsch hast du. Das wird sowieso nicht gehen. Wenn alle Kinder etwas bekommen sollen, dann wird man dir solch einen teuren Kasten nicht kaufen." Es war ihr nicht recht. Was würden die Leute sagen, wenn wir so unbescheiden wären?

Dann kam die Weihnachtsfeier und ich bekam zunächst ein Bettlaken mit der Aufschrift „unicef". Es war ein Bettlaken für ein Kinderbett. Für mich hätte es größer sein müssen, denn ich hatte ja kein Kinderbett. Außerdem war ich der Ansicht, dass man nur ein Bettlaken braucht, und das war ja vorhanden. Aber dann bekam ich den wunderschönen Farbkasten. Er war in Weihnachtspapier eingewickelt und auf der Schleife stand mein Name. Ich freute mich und sprang damit in die Luft. Allen Leuten zeigte ich den Kasten, denn alle interessierten sich dafür. Auch meine Großmutter freute sich sehr, war erstaunt und schüttelte immer wieder lächelnd den Kopf.

Ein Mann, die Krone der Schöpfung

Als ich ein Kind war, teilte ich die Menschen in drei Gruppen ein. Die Männer waren die wertvollsten Geschöpfe, dann kamen die Frauen und zuletzt die Kinder. Ein Mann war ungeheuer wichtig. Meine Oma und meine Tante waren ebenfalls dieser Meinung. „Wir sind nur Frauen", sagten sie oft, und uns fehlte es an allem. Wenn z. B. ein schweres Möbelstück zu transportieren war, dann überlegten sie, welches Mannsbild man um Hilfe bitten sollte. Wenn es bei uns nicht so recht vorwärts gehen konnte, so sagten sie: „Ja, wir haben halt keinen Mann." So war es auch. In den Flüchtlingsfamilien, in denen ein Familienvater Geld verdiente, ging es wirtschaftlich aufwärts. Meine Tante verdiente 50 Pfennige brutto in der Stunde und wir sahen das schon als großes Glück an, denn die Arbeit auf dem Feld wurde nicht mit Geld, sondern mit Naturalien bezahlt.

Gleich nach dem lieben Gott kam für mich der Doktor aus der Nachbargemeinde. Er wurde mit allergrößter Ehrfurcht behandelt. An zweiter Stelle kam der Pfarrer und dann kam der Lehrer – auf gleicher Höhe in etwa mit dem Bürgermeister. Danach kamen der Feldschütz und andere wichtige Menschen, wie z. B. der Schmied und der Schreiner. Danach kam das restliche Männervolk. Auf dem Bauernhof nannten wir die Männer „Mannsleut" im Gegensatz zu „Weibsleut". Beim Essen wurde die Rangordnung deutlich. Nachdem sich alle Männer „aufgescheppt" hatten, nahmen sich zögernd die Frauen etwas aus den Schüsseln.

Fast genauso wichtig wie Männer waren große Jungs. Es war von Interesse, was sie einmal werden wollten oder sollten. Mädchen wurden wohl auch gefragt, was sie werden wollten, aber meist kam dann ein müdes Lächeln und jeder dachte: „Ach was, du wirst heiraten und was sollen alle diese Wunschträume." Für Mädchen war es wichtig, dass sie kochen und nähen konnten. Das Kochen lernten sie zu Hause bei der Mutter und das Nähen lernten sie in einer Näherei im Kreis. Dort verdienten sie etwas und so wuchs die Aussteuer. Mit 18 oder 19 Jahren heirateten die meisten Mädchen, manchmal sogar früher. Sehr oft wohnten dann drei Generationen in einem Bauernhaus.

Dass ein Mann ein ganz besonderes Wunderwerk ist, glaubte ich noch sehr lange und eigentlich stimmt es auch, aber wir Frauen sind auch sehr wichtig und einmalig.

Darf ich oder darf ich nicht?

In meiner Kindheit durfte ich nichts selbst entscheiden. Das fing schon morgens an. Manche Kleidungsstücke konnte ich nicht ausstehen, aber ich hatte keine Wahl. Meine Großmutter entschied, was anzuziehen war. Sie band auch meine Schürzenschleife und die Haarschleife ganz nach ihrem Geschmack. Auch die Haare kämmte sie mir ganz streng nach hinten. „Damit du nicht schickelst!" bzw. schielst, sagte sie. Bei meiner Oma war das Schielen eine schlechte Angewohnheit und kam davon, dass einem das Haar im Gesicht hing. Auch wenn man krank war, hatte man sich das selbst zuzuschreiben, denn dann hatte man gegen ihren Willen z. B. die Jacke ausgezogen. Krank zu sein und das Bett zu hüten, das war die schlimmste Strafe für mich. Dabei machten mir die Halsschmerzen oder der Husten weniger aus. Viel schlimmer war das Schimpfen den lieben langen Tag lang.

Sie entschied auch, wann ich meine Hausaufgaben zu machen hatte. Wenn ich ganz langsam schrieb, dann war ihr das recht, denn ich sollte immer alles ganz langsam machen. War ich mal im Nu fertig, dann kam ihr das nicht geheuer vor. Was ich gerade zu tun hatte oder ob ich in der Arbeit eine gute oder schlechte Note hatte, das war ihr gleichgültig. Wichtig war ihr, dass ich langsam war. „Sei nicht so närrisch!" Das musste ich immer und immer wieder hören. Sie schrieb selbst auch sehr langsam, aber auch sehr schön. Wenn sie im Bürgermeisteramt ihren Namen zu schreiben hatte, erntete sie Beifall bei den Anwesenden. Ihre Schrift sei wie gestochen. Ihr Großvater habe auch so schön geschrieben, sagte sie, wie ein Advokat.

Auch beim Essen durfte ich mir nichts selbst nehmen. Ich bekam die mir zustehende Portion auf den Teller. Alles war klein geschnitten und oft wie ein Brei angerührt. So brauchte ich nur den Löffel, denn

Gabel und Messer waren für mich zu gefährlich. Ganz langsam sollte ich immer essen. Das klappte auch mit der Zeit und bisweilen heute noch. Wenn es mir mal gut schmeckte und ich etwas rascher aß, oder wenn ich mich auf ein Essen freute, sagte sie: „Sei nicht so ‚zuttig‘, es nimmt dir niemand weg", oder: „Du wirst es ‚derwarten‘ können." Das war immer ein großer Dämpfer für mich und oft hatte ich danach keinen richtigen Appetit mehr. Bei dem guten Rat zum langsamen Gehen hatte sie bei mir keinen Erfolg. Das war nicht möglich. Bei allen Dingen musste ich sie um Erlaubnis fragen, selbst wenn es um eine Haselnuss oder einen Stück Apfel ging. Eine Freundin spontan zum Essen einzuladen, war nicht möglich.

Im Frühling war meine häufigste Frage: „Darf ich morgen Kniestrümpfe anziehen?" Manchmal hatten alle meine Freundinnen bereits welche an, aber wir waren noch in einem Monat, der ein „R" hatte, und da war sie nicht zu erweichen. Manchmal rollte ich mir, wenn ich außer Sichtweite war, die langen Strümpfe herunter und dann genoss ich den Wind und die Sonne auf den nackten Beinen. Ein wunderbares, berauschendes, leichtes Gefühl.

Das Fernsehgerät

Es war im Jahre 1955, als wir von einem Fernsehgerät hörten. Ein Kasten sollte es sein, auf dem man Bilder sieht. Niemand konnte sich das vorstellen. Unser Lehrer erklärte uns, dass beim Telefonieren die Stimme in Strom umgewandelt werde und dann wieder umgekehrt. So sollte das auch mit Bildern funktionieren. Beim Telefonieren höre man ja auch die Stimme eines Menschen, der hundert Kilometer entfernt ist. Beim Fernseher sehe man den Menschen dann auch, der da spreche. Irgendwelche Wellen sollte es geben. Wir waren skeptisch. Bald darauf erfuhren wir in der Schule, dass in einem Gasthaus im dortigen Saal ein Fernsehgerät stand und heute Nachmittag ein Märchen aufgeführt und übertragen werden sollte. Das wollten wir Kinder nicht verpassen.

Wirklich stand im Saal auf einem Tisch ein großer schwarzer Kasten. Davor waren Bänke aufgestellt und wir Kinder nahmen Platz. Wir waren aber zu früh und warteten. Dann endlich wurde ein Knopf gedrückt und wir sahen ein Bild. Es war zwar kein richtiges Bild, aber es rauschte und knatterte und auf dem Bildschirm flimmerte es. Das Flimmern kannten wir von den Filmvorführungen der Kreisbildstelle. Nach dem Flimmern fing normalerweise der Film an, aber heute dauerte das Flimmern endlos. Alle Mitglieder der Gastwirtsfamilie betätigten nacheinander die beiden Knöpfe, die das Gerät hatte, aber bis auf die Tatsache, dass aus dem Flimmern hin und wieder Streifen wurden, passierte nichts.

Dann irgendwann gingen wir wieder und eigentlich hatten wir recht behalten. Es war gar nicht möglich, Bilder zu sehen. Ich hatte mir vorgestellt, dass in dem großen Kasten ein Männchen sitze, mit einem Filmvorführgerät, aber solche kleinen Männchen gab es ja nicht.

Kurze Zeit später erhielt die nächste Gastwirtschaft im Ort einen Fernseher. Da ich gleich gegenüber wohnte, schaute ich hin und wieder dort zum Fenster hinein. Um ein Bild auf dem Bildschirm zu sehen, musste ich allerdings hochspringen, und das war auf die Dauer beschwerlich und man bekam nicht mit, um was es sich bei der Übertragung handelte. Meine Großmutter und meine Tante gingen nicht in die Gastwirtschaft. Eigentlich gingen nur die Männer auf ein Bier in die Wirtschaft und Kinder sowieso nicht. Als unser Lehrer einen Fernseher bekam, durfte ich hin und wieder zuschauen. Ich erinnere mich noch sehr gut an die Folgen „So weit die Füße tragen".

Im Kammerle

Irgendwann konnte ich nicht mehr mit meiner Großmutter in einem Bett schlafen. Ich war zu groß geworden. Bei meiner Tante auf dem Amibett konnte ich noch weniger schlafen, denn dieses Bett war eine Art Notbett. Das Bauernhaus, in dem wir wohnten, hatte neben unserem Zimmer eine Mehlkammer und auf der gegenüberliegenden Seite das Schlafzimmer der Bauersleute und ein zweites Zimmer, in dem die Kinder schliefen. Hinter der Treppe war eine kleine Kammer mit einem Regal und ein paar Säcken und altem Gerät. Die Kammer war wohl sehr klein, schräg, ohne Licht und Ofenanschluss, aber meine Tante überlegte, ob ein Bett hineinzustellen sei.

Tante Mina, die Bäuerin, war einverstanden und Tante half ihr, die Sachen aus dem kleinen Raum in die Mehlkammer zu räumen. Tante besorgte ein Bett, bei dem Kopfteil und Fußteil abgeschnitten waren. Auf diese Weise passte das Bett in die Kammer und man konnte sogar an der Wand entlang zu einem kleinen Fenster gehen. Die Wände der Kammer wurden mit einer Blümchentapete tapeziert, das Fenster bekam einen durchsichtigen Vorhang, und ein weiterer Vorhang wurde vor dem Regal angebracht. Es passte sogar ein kleiner Hocker zwischen Bett und Regal. Wenn einmal mehr als vier Leute bei uns sitzen sollten, dann rief meine Oma: „Hol das Stockerle aus dem Kammerle", denn an sehr viele Wörter wurde ein „le" angehängt. Unter dem Fensterle fand ein kleines „Schrankl" seinen Platz, und das Bowlegefäß, das einmal meine Mutter meiner Tante geschenkt hatte, stand darauf. Die Bowletassen standen im Kreis um die Bowleschüssel auf einer gestickten rosa Decke. Benutzt wurde das Bowleservice nicht, aber es war sehr schön. Vor dem Bett lag ein gehäkelter Läufer. Das „Kammerle" war wunderschön geworden.

Gern wäre ich in diesen Raum eingezogen, aber es war das Reich meiner Tante, und das sah ich auch ein. Im Winter legten wir eine Wärmflasche ins Bett und diese musste nach und nach weitergerückt werden, denn das Bett war eiskalt. Dafür war der Raum im Sommer sehr kühl, denn die Sonnenstrahlen fielen selten hinein. Das Amibett war nun für mich allein, aber ich setzte mich sehr gerne auf das Bett im Kammerle, denn es roch dort so gut nach getrockneten Apfelspalten, nach Kamille, nach Lindenblüten und nach Wachs.

Wenn man aus dem Fenster schaute, sah man nur Wiesen, Apfelbäume und Wald, denn unser Haus stand am Ende des Dorfes.

Schönheitsideale

Das Wort „Idealfigur" kannte man früher nicht. Etwas rundlich war viel besser als schlank, da man als schlanker oder dünner Mensch bei Krankheiten nichts „zuzusetzen" hatte. Wenn jemand sehr schlank war, dann sagte meine Großmutter: „Er sieht aus, als hätte er die Auszehrung." Gemeint war, dass dieser arme Mensch so aussah, als sei er lungenkrank.

Schön waren bei ihr alle Mädchen mit blauen Augen. Auch „Grübchen" waren bei ihr sehr beliebt. Sie schaute immer zuerst, ob jemand Grübchen hatte. Damals hatten viele Kinder Grübchen, aber ich hatte leider keine. Leider hatte ich auch keine schönen „Wadeln". Waren die Waden und die Oberarme eines Mädchens schön drall und rundlich, dann war das ein schönes „Madel" bzw. Mädchen. Auch wenn der Po dick und rund war, war das ein Schönheitsmerkmal. Die Haare mussten „blond" sein. Das gehörte zu einem schönen Menschen dazu, und natürlich bei Mädchen die Löckchen. Erwähnt wurden diese Dinge aber nur nebenbei. Sie waren nicht so wichtig, dass man ernsthaft darüber ein Gespräch führte. Wenn jemand etwas schwerfällig war und dicklich, dann sagte meine Oma: „Trutsche". Kleine Trutschen hießen „Trutschgerle".

Das Essverhalten war kein Thema und das Wort „Kalorie" gab es auch noch nicht. Als ich einmal vom Pfarrer aus einen Erholungsurlaub antrat, sagte meine Oma zum Abschied: „Sieh zu, dass du was auf die Rippen bekommst!", denn wenn man bei jemandem die Rippen zählen konnte, dann sah er nicht gut aus. Meine Oma sagte: „Fleisch unter die Häute macht schöne Leute."

Wenn ein Mann einen dicken Bauch hatte, dann war er aus der Sicht meiner Großmutter eine gute Erscheinung. Er stellte etwas dar. Er war dann etwas „beleibt" und das war besser als hager. Wenn jemand allerdings einen dicken Hals hatte oder ein dickes Gesicht, dann sagte sie: „Er ist ausgefressen."

Der Feldschütz

Eigentlich bin ich ihm nie in seiner Eigenschaft als Feldschütz begegnet, aber ich hatte Angst vor ihm. Nicht nur ich fürchtete mich, sondern auch meine Spielgefährten. Die aufregendsten Geschichten rankten sich um seine Person. Für uns damals war es ein älterer Mann, aber wahrscheinlich war er noch jung und sehr sportlich, da er als Feldschütz eingesetzt war. Er konnte nur noch einen Arm gebrauchen. Der zweite Arm war schwarz verbunden und er trug ihn in einer Schlinge. Wir vermuteten, dass er eine Kriegsverletzung hatte, aber genau wussten wir das nicht. Einen Polizisten hatten wir nicht im Ort, aber ihn, den Feldschütz. Er hatte die Aufgabe, dafür zu sorgen, dass kein Obst gestohlen wurde. Von ganz bestimmten Bäumen schmeckten die Äpfel oder Birnen besonders gut. Sehr beliebt waren die Kirschen, aber auch im Spätsommer die Pflaumen und Zwetschgen.

Gerade in der Zeit, in der die Kirschen fast reif waren, zog es uns Kinder auf den Steinlug. Die Kirschen waren hell und süß oder fast schwarz und saftig und eine Herrlichkeit für einen Kindermund. Dieses geheime Treffen auf dem Steinlug zum „Kirschenklau" war ein unvergleichliches Abenteuer. Es kam vor, dass eins der Kinder bei einem Griff zur Kirsche den Feldschütz erwähnte. In diesem Moment rannten wir los, bis wir ganz außer Atem hinter einer Hecke Zuflucht fanden. – Ja, wo war er denn, der Feldschütz? Hatte er sich auch versteckt? Sollten wir es wagen, aus der Deckung zu kriechen? Ich weiß nicht, was das Abenteuer wirklich ausmachte. War es der Genuss der geklauten Kirschen oder die Aufregung um den Feldschütz? Mein Herz schlug bis zum Hals und ich hatte das Gefühl, dass ich lebendig war. – Ein tolles Gefühl.

Einmal ersteigerte meine Großmutter einen Baum mit Süßkirschen. Sie sollten eingekocht werden. Nun musste ich helfen und die Kirschen pflücken, die ich von unten erreichen konnte. Ich wollte aber oben auf der Leiter stehen und pflücken. „Das ist zu gefährlich", meinte meine Oma. Ach, wie schade. Hier unten sollte ich pflücken. Das war mir nicht aufregend genug. Die ganze Kirschenpflück-Aktion, auf die ich mich schon gefreut hatte, entpuppte sich als langweiligste Aktion des Tages. Nicht mal die Kirschen schmeckten mir, die ich mir offiziell in den Mund stecken durfte. Ich hängte mir ein Pärchen Kirschen über die Ohren als Ohrringe und setzte mich unter den Kirschbaum. Meine Oma sagte: „Du bist eine faule Plant!" Was eine „Plant" ist, weiß ich bis heute nicht, aber wahrscheinlich ist eine faule Plant ein faules Geschöpf.

Die großen Hausschuhe

Als ich zehn Jahre alt war, musste meine Großmutter für einige Zeit nach Stuttgart reisen, da ihre Tochter krank und die Enkelkinder noch sehr klein waren. Ich war ja schon ein großes Mädchen, und außerdem hatte ich ja noch meine Tante. Mich konnte man unbedenklich allein lassen. Gerade zu dieser Zeit wurde ich krank. Ich hatte Husten und Schnupfen und es wurde und wurde nicht besser. Einige Male war ich bei unserem Hausarzt in Groß-Felda gewesen. Tante hatte mich hinbestellt und ging mit mir in die Praxis. Immer wieder klopfte er meinen Rücken ab und Tante sagte ihm ängstlich, dass meine Mutter „es auf der Lunge" habe. Alle Medikamente versagten und ich war das unglücklichste Kind der Welt. Ich sollte so krank nicht in die Schule gehen. Zu Hause war ich allein und kalt war es auch.

Zu dieser Zeit hatte meine Tante einen Freund und war im siebten Himmel. Damals wusste ich noch nichts vom siebten Himmel, aber ich wunderte mich jeden Tag, wie fröhlich sie aus der Molkerei nach Hause kam. Früher war sie immer todmüde, aber nun kam wenig später ihr Freund. Sie zog ihre Seidenstrümpfe an und dann gingen sie aus, d. h., sie fuhren, denn er hatte ein Auto. Sie fuhren immer nach Grünberg zum Fleischsalatessen und danach gingen sie ins Kino. Ich wollte natürlich mit, aber ich war noch zu klein und außerdem krank. Nach einiger Zeit und keinem Anzeichen einer Genesung überwies mich der Hausarzt zum Hals-Nasen-Ohren-Arzt. Tante fuhr mit mir im Postauto nach Alsfeld und der Arzt stellte fest, dass die Mandeln raus mussten.

Schon ein paar Tage später holte mich das Krankenauto ab. Tante packte mir Nachthemden ein und Waschzeug. Dann suchten wir meine Hausschuhe, d. h. die „Botschen". Wir fanden nur die von Oma.

Diese hohen Hausschuhe stammten noch aus dem Sudetenland und gingen bis über die Knöchel, das war sicher der Grund, warum Oma Tantes Hausschuhe mit auf die Reise genommen hatte. Die großen alten Botschen meiner Oma wollte ich auf keinen Fall mit ins Krankenhaus nehmen. Sie hatten zum Verschließen Schnallen, die es heute bei Bierflaschen gibt. „Stell dich nicht so an", sagte meine Tante. „Sie passen dir doch fast schon und niemand gibt dir andere." Doch der Freund meiner Tante hatte ein Einsehen. „Die ausgelatschten alten Dinger kann sie nicht mitnehmen", sagte er, „ich borge ihr meine." Seine sahen noch recht neu aus und waren zum „Reinschlupfen", also hinten offen. Sie hatten Größe 48, aber wenn man vorsichtig auf dem Boden entlang rutschte, kam man mit ihnen sogar vorwärts. Ich wollte sie nicht mitnehmen, aber da waren sie auch schon eingepackt. Auf dem Weg ins Krankenhaus überlegte ich mir, dass ich ja auch barfuß gehen konnte und keine Hausschuhe brauchte. Ich würde sie einfach in der Tasche lassen.

Die Mandeloperation wurde in einem Pavillon in der Nähe des Krankenhauses durchgeführt. Eine junge Frau teilte mit mir das Zimmer. Zunächst wurde sie abgeholt und nach einiger Zeit kam sie mit blutverschmiertem Gesicht und blutigem Nachthemd zurück und legte sich ins Bett. Mir wurde eiskalt. Nun kam ich dran. Die Operation fand im Sitzen statt. Ich saß auf einem Stuhl, zwei Schwestern hielten mich fest, wobei eine meine Zöpfe fest nach hinten zog und die andere laut auf mich einredete. Nun folgte eine sehr schmerzhafte Prozedur. Es krachte und plötzlich wurde alles um mich herum dunkel. Dann wachte ich wieder auf und fand mich auf einer fahrbaren Trage. Jemand schob mich den Gang entlang. Das erste, was ich sah, waren riesengroße Hausschuhe. Sie steckten zwischen Matratze und Fußende und meine Füße lagen davor. Ich hatte die Riesenschuhe doch in der Tasche gelassen. Ich war doch barfuß unterwegs gewesen. Nun wurden sie mit mir zusammen herumgefahren. Niemand nahm Notiz davon und mir war es inzwischen auch gleichgültig, denn mein Hals tat weh. So weh hatte er mir in all den Wochen meiner Krankheit nicht getan.

Ich musste ziemlich lange im Krankenhaus bleiben. An die Halsschmerzen hatte ich mich schon gewöhnt und daran, dass ich nicht richtig schlucken konnte, aber das Schlimmste war, dass ich keinen Besuch bekam. Ich hatte mir vorgestellt, dass meine Tante mit ihrem Freund zu mir käme und mich besuchte. Dann hätte ich ihr von meinen Schmerzen erzählen können. Leider blieb ich allein. Niemand kam zu mir. In den ersten Tagen hoffte ich noch, wenn ich Schritte hörte, aber der Besuch war immer für meine Bettnachbarin. Dann kam eine andere Frau in mein Zimmer, wurde operiert, bekam Besuch und wurde entlassen. Endlich kam auch ich nach Hause. Das Krankenauto setzte mich ab und ich ging in unser Zimmer. Ich wusste, wo der Schlüssel aufbewahrt wurde.

Am nächsten Tag wäre ich gerne wieder in die Schule gegangen, aber meine Tante sagte, dass ich noch eine ganze Woche zu Hause bleiben solle. Nun war ich wieder zu Hause und wieder allein und wieder war es kalt. Ich konnte noch kein Feuer machen, da ich keine Spänchen hatte. Ich zog mich an und ging ins Dorf. Vor der Kirche war eine Mauer und dort setzte ich mich hin, mit dem Blick zur Schule. Die Schule kam mir damals vor wie mein Zufluchtsort. So konnte ich wenigstens etwas mitbekommen. Nach der Schule ging ich mit den anderen Kindern nach Hause. Mittags nahm mich eine Nachbarin mit und gab mir warme Milch. Auf der Milch war Haut. Meine Oma hätte gewusst, dass ich die Haut nicht mag, aber die Nachbarin schimpfte, als ich die Haut am Tassenrand kleben ließ. Warum nur konnte meine Großmutter nicht zu mir kommen? Warum schrieb sie mir nicht? Ich war unglücklich und mein größter Wunsch war, wieder in die Schule zu gehen.

Tags darauf ging ich wieder zur Brücke, setzte mich auf die Mauer und diesmal sah mich der Lehrer. Seine Schüler schrieben etwas von der Tafel ab und er schaute aus dem Fenster. „Warum kommst du nicht in die Schule?", fragte er mich. „Ich darf nicht, weil ich noch krank bin." „Komm rein", rief er und da war ich gerettet. Ich rannte die Treppe hoch und war überglücklich, wieder in der Schule zu sein. Ich dankte dem lieben Gott, dass ich wieder zur Schule gehen konnte. Außer mir konnte das niemand verstehen.

Die Bewirtung

Sehr gerne verbrachte ich als Kind meine Zeit in der guten Stube eines Bauernhauses. Alles war anders als in unserem Zimmer. Diese Räume waren größer, die Tische wuchtiger, die Schränke alt, die Lampen heller, und dann die Öfen! Oft waren es Kachelöfen, die den Raum angenehm erwärmten. An einen wunderschönen Kachelofen kann ich mich noch gut erinnern. Man konnte ihn öffnen, um Tee heiß zu halten. Die Türen waren bunt bemalt und erzählten Geschichten. Manchmal stand sogar ein Spinnrad bereit. Diese Stuben wurden kaum genutzt. Manchmal nur zu Weihnachten und zu Geburtstagen, denn wenn die Stallarbeit getan und der Esstisch in der Küche abgeräumt war, dann waren die Bauern müde, denn sie mussten ja auch früh raus. Auch im Winter gab es keine Ruhe für die Bauern, denn viele gingen dann in den Wald zum Holzmachen.

Kam Besuch in so ein Bauernhaus, dann wurde der Stuhl zurechtgerückt und je nach Tageszeit kam etwas auf den Tisch – meist ohne viele Worte. Ein Nicken mit dem Kopf sagte: „Du bist willkommen! Bediene dich! Ich meine es gut mit dir." Ein echter Gast war ich in so einer Bauernstube allerdings nie. Wenn, kam ich mehr oder weniger zufällig in so ein Gemach, aber ich genoss es.

Bei uns Heimatvertriebenen wurde da mehr geredet, gebusselt, gedrückt, aufgefordert zum Essen. Immer wieder: „Bitteschön" und „Dankeschön" und „Zieren Sie sich nicht. Nehmen Sie sich noch etwas! Ist alles recht?" Es war eine andere Mentalität. Auch meine Großmutter hatte gerne Besuch. Während ihr das tägliche Leben „ein Kreuz" war, wie sie immer sagte, taute sie bei Besuch auf. Sie wollte dann möglichst perfekt sein und war glücklich, wenn sie jemanden so richtig verwöhnen konnte.

Wenn meine Tante nach Hause kam, dann erzählte sie sofort, wie gut dieses oder jenes geschmeckt habe und wie sie gelobt worden sei.

Einmal hörte ich beim Einkaufen den Satz: „Ich war bei den Bitt-schöns zum Kaffee." Da wusste ich, dass jemand bei einer Familie der Heimatvertriebenen zu Gast gewesen war.

Kindermädchen fürs Lehrerkind

Früher gab es in den kleinen Dörfchen keine Kindergärten. Die Kinder wuchsen mehr oder weniger nebenbei auf. Sie lernten voneinander und von den größeren Geschwistern. Hin und wieder hatten Familien allerdings Kindermädchen. Unser Lehrer hatte eine Tochter. Sie war vier Jahre jünger als ich und für uns Schulkinder war sie ein ganz besonderes Kind. Das Kind des Lehrers. Mir kam sie immer wie eine Puppe vor, so zart und gepflegt und niedlich. Eines Tages sagte unser Lehrer zu mir, dass seine Tochter immer so allein sei und sich eine Spielkameradin wünsche. Wenn ich Lust hätte, solle ich doch an einem oder zwei Nachmittagen kommen und ihr Gesellschaft leisten.

Zunächst wusste ich nicht recht, ob ich hingehen sollte. Sie war noch so klein und was sollte ich mit ihr anfangen? Ich spielte lieber mit älteren Kindern. Dann setzte er mir einen Termin: „Heute um 3 Uhr!" – Gut, ich ging hin und es war angenehm. Alles gefiel mir sehr gut. Die Toilette war im Haus, was schon mal sehr gut war, und auch sonst war ich überrascht. Sie hatten mehrere Zimmer. Gabriele, so hieß sie, schlief zwar mit im Schlafzimmer, aber in einem eigenen Bett. Ich spielte mit ihren Spielsachen und ihr gefiel alles, was ich machte. Sie lachte viel und ihre Mutter freute sich. Am Abend wurde ich zum Essen eingeladen. Es gab Dinge, die ich noch nie gegessen hatte, was wiederum zur Belustigung beitrug. Einmal war sie krank. Sie hatte Fieber und ich setzte mich zu ihr ans Bett. In gewissen Zeitabständen träufelte ich ihr Nasentropfen ein, denn ihre Mutter musste weg. Ich kam mir vor, als sei ich eine Krankenschwester, und das gefiel mir, denn meine Mutter war ja auch eine Krankenschwester.

Als ich ein paar Tage später wieder zum vereinbarten Termin meinen Besuch im Lehrerhaushalt machen wollte, wartete eine Schar Kinder auf mich. Sie ließen mich nicht vorbei. Ich sei eine Angeberin. Ich hielte mich für etwas Besseres. „Wenn du nicht sofort verschwindest, bekommst du einen Denkzettel!" Sie drohten mir Schläge an, wenn ich ins Haus des Lehrers ginge. Was konnten sie nur dagegen haben, dass ich dem kleinen Mädchen Gesellschaft leistete? Ich verstand die Welt nicht. Ich ging nach Hause und wusste, dass ich mich hätte durchsetzen müssen. Die kleine Gabriele wartete auf mich und der Lehrer würde sauer sein, dass ich nicht gekommen war. So kam der nächste Tag und er fragte mich streng, warum ich nicht gekommen sei. Die Kinder, die mich aufgehalten hatten, waren ganz still und senkten die Köpfe. Ich antwortete dem Lehrer nicht, aber ich hatte das Gefühl, dass mich eine große Last drückte. Der Lehrer hielt mich damals für verschlossen und eigenwillig. Er sprach darüber mit meiner Großmutter und sie gab ihm recht. Sie meinte, dass es mit mir nicht einfach sei und dass eine große Last auf ihren Schultern liege. Ich wunderte mich sehr, dass auch bei ihr eine große Last auf den Schultern liegen solle. Dieses Gefühl kannte ich nur bei mir.

Die Revolutionärin

Meine Oma und meine Tante waren in ihren Auffassungen grundverschieden. Bei meiner Oma hatte ein Mann immer recht und ein Chef sowieso. Die Frauen hatten zu dienen und sich an den Hausarbeiten zu erfreuen. Meine Tante verdiente Geld in der Molkerei und für meine Oma war das allein schon ein Grund zur Ergebenheit und Dankbarkeit dem Chef und der Chefin gegenüber.

Kein Tag verging, an dem meine Tante nicht revolutionäre Gedanken hegte. Wir kannten schon alles auswendig. Sie beschwerte sich, dass sie auch an Sonntagen arbeiten müsse, dass sie den ganzen Tag Gummistiefel tragen müsse, dass sie immer mehr arbeiten müsse und dass alles immer schneller gehen sollte und dass es zu kalt in dem Kellerraum sei, in dem sie arbeitete, und dass sie die schweren Bretter auf der Schulter tragen müsse und dass die Männer dafür mehr Geld verdienten. Sie hatte immer irgendwo Schmerzen und sie tat mir leid. Meine Oma atmete auch schwer, wenn meine Tante wieder einmal Luft abließ und todunglücklich war. Dann hob sie die Arme zuerst hoch und legte ihre Hände dann wieder in den Schoß und senkte den Kopf. Mehr war dazu auch nicht zu sagen. Es war halt so. Tante wollte ja lieber in der Molkerei arbeiten als vielleicht auf dem Feld. Eine andere Möglichkeit war nicht gegeben, aber sie grollte und bei uns, ihrer Familie, konnte sie Dampf ablassen.

Es war aber eigentlich nicht die Arbeit selbst, die sie belastete. Es waren die Anweisungen, die sie entgegennehmen musste. Sie war im Grunde freiheitsliebend und die Unterordnung war das wirklich Schlimme an ihrem Arbeitsverhältnis. Im Sudentenland war sie für die Milchkontrollen zuständig gewesen und für die Gemeindewaage. Sie hatte damals sogar ein Motorrad und konnte sich mehr oder weniger die Zeit einteilen. Sie war ihr eigener Herr gewesen. Ich konnte mir nicht vorstellen, dass meine Tante mit einem Motorrad fuhr, und sonst konnte sich das auch niemand vorstellen, außer meiner Oma, weil sie es ja erlebt hatte. Als ich ein Poesiealbum bekam, schrieb sie mir den folgenden Spruch hinein:

„Sei dir genug und bettle nicht um Gunst und Herrenbrot und beuge nie dein Angesicht vor Großen in den Kot. Wenn einst ein Hochgebieter spricht: Das Recht soll Unrecht sein, so blick ihm flammend ins Gesicht und ruf ein lautes: nein."

Meine Großmutter war da ganz anders. Sie war immer um Einvernehmen bestrebt und half, wo sie nur konnte. Allen wollte sie es recht machen. Sie kehrte z. B. den Hof, obwohl durch uns als Mieter kein Schmutz auf dem Hof entstand. Sie wollte ganz einfach, dass der Hof sauber ist, weil sie hier wohnte. Sie schrubbte auch die Treppen, und zwar nicht nur die, die zu unserem Zimmer führten, sondern auch die Kellertreppen, die Stallschwellen und das Klohäuschen. Sie tat das aus Zugehörigkeitsgefühl, und meine Tante schüttelte den Kopf. Den Putzlappen nannte meine Großmutter „Hader", und wenn jemand zerschlissene Kleidung trug, dann war das ein „Haderlump". Ich kannte solche Leute nicht, aber Oma kannte welche, als sie noch zu Hause im Sudetenland war.

Als ich etwas älter war, musste ich den Hof und die Straße kehren, auch die Treppe musste ich putzen, aber das Toilettenhäuschen blieb immer Omas Resort.

Die Toilettentasche

Meine Tante arbeitete in der Molkerei, aber sie half zusätzlich der Frau des Chefs im Haushalt. Das kam häufig vor, vermehrt, wenn diese Gäste hatten. Sie half dann bei der Zubereitung der Salate usw. Einmal musste ich auch helfen. Ich holte Stühle aus einem Keller und reinigte sie. Es war für mich eine Freude, denn ich war in der Nähe meiner Tante und die Arbeit war nicht schwer. Am Abend wunderte ich mich, dass ich für meine Tätigkeit etwas bekommen sollte. Kindern Geld zu geben, war nicht üblich, aber die Chefin fragte mich, womit sie mir eine Freude machen könnte. Ich überlegte, aber irgendwie hatte ich Hemmungen, einen Wunsch zu äußern. Ich hätte gern geholfen, sagte ich, und das war die Wahrheit. Plötzlich fragte sie mich, ob ich eine Toilettentasche hätte.

Damals in den ersten Jahren nach dem Krieg hatten wir auf dem Dorf die Toilette auf dem Hof. Wir nannten die Häuschen mit dem Herz in der Tür einfach nur Klo. „Toilette" sagten wir nicht. – Die Chefin sagte Toilette dazu und bei ihr war die Toilette in der Wohnung, gleich neben dem Eingang. Ich überlegte angestrengt, was sie wohl damit meinte. Eine Toilettentasche? Sicher meinte sie eine Tasche, die man mit zur Toilette nahm. „Nein", sagte ich, „ich habe keine Toilettentasche." Und ich brauche auch keine, dachte ich, denn Papier liegt ja in der Toilette und was soll ich sonst mitnehmen?

Nun, nach einiger Zeit kam der Kulturbeutel bei mir an, aber benutzt habe ich ihn erst einige Jahre später.

Essmanieren

Ganz wichtig war in meiner Kinderzeit, dass man langsam aß. Oft war es so, dass schon unten im Hof jemand wartete, und dann war es eine große Strapaze, langsam zu essen. Geradesitzen war auch wichtig, nicht lümmeln oder die Beine ausstrecken. Diese standen geschlossen unter dem Tisch. Die linke Hand wurde nicht benutzt und sollte mit der Handfläche auf dem Tisch liegen. Das war sehr schwierig, denn wenn ich rechts den Suppenlöffel hatte, wollte meine linke Hand immer an den Zöpfen drehen oder in meiner Schürzentasche etwas suchen.

Bei uns kamen im Normalfall keine Schüsseln auf den Tisch. Meine Oma schöpfte die Suppe aus dem Topf in den Teller. Suppe gab es jeden Tag. Danach kam die Hauptspeise. Die Teller wurden nicht gewechselt. Das wäre viel zu viel Spülarbeit und Wassertransport gewesen, denn wir hatten das Wasser eine Treppe tiefer. Selbst durfte ich mich nicht bedienen. Meine Großmutter wusste immer, wie viel ich essen sollte. Manchmal gab es Beischl und dann dauerte es sehr lange, bis mein Teller leer war, denn ich mochte dieses Gericht nicht. Es bestand aus Innereien. Auch saure Nieren mochte ich nicht. Alle Leute rundherum mochten dieses Gericht, nur ich nicht. Meine Oma sagte, dass ich sehr dumm sei. Alles, was gut schmeckte, würde ich mit Widerwillen essen. So war es auch.

Von der Vollmilch wurde die obere Schicht abgescheppt, also die Sahne, und diese stand dann sauer. So hieß das. Wenn sie sauer war, kam ein Gericht auf den Tisch, bei dem diese saure Sahne verwendet werden konnte. Meine Tante merkte wohl, dass mir manches absolut nicht schmeckte, und wenn ich dann das Essen hin und her schob, sagte sie, dass ich schuld sei, wenn es regne. Sie könne ja auf dem

Fahrrad keinen Schirm aufspannen und werde pitschnass und krank. So aß ich dann meinen Teller leer, aber so richtig geglaubt habe ich das mit dem schönen Wetter nicht.

Meine Oma schnitt auch für mich das Fleisch. Ein Messer bekam ich nicht in die Hand. Schon bei der Gabel hatte sie die Befürchtung, dass ich mir irgendwann die Augen ausstechen oder nicht den Mund treffen würde. Eine Gabel war ein leichtes Ding und ich sah nicht ein, warum ich sie so fest halten sollte.

Einmal war ich mit Tante bei ihrer Chefin zum Essen eingeladen. Ich hatte etwas geholfen und nun sollte ich mitessen. Meine Tante konnte das sehr gut mit Messer und Gabel, was mir zu Hause nie aufgefallen war. Bei mir ging es ganz schlecht und ich hatte keinen Hunger mehr, weil mir alles aus den Händen fiel. Zuletzt legte ich das Messer weg und schob mit dem Zeigefinger der rechten Hand das Essen auf die Gabel in der linken Hand. Wie kann ein normaler Mensch rechts schreiben und links essen? Das wollte mir nicht in den Kopf. Meiner Tante gefiel nicht, dass ich nicht mit Messer und Gabel essen konnte. Zu Hause hatte sie das nicht gemerkt. – Nun bestand ich darauf, auch zu Hause mit Messer und Gabel zu essen. Es war allerdings so, dass es zu 90 Prozent Dinge gab, die man nicht mit Messer und Gabel aß, sondern nur mit der Gabel in der rechten Hand. Es waren „Schlaschgerlen mit Mohn", Bowidldadschgerln, Buchteln und Omelette. So nach und nach vergaß ich dann wieder meine guten Manieren. Heute passiert es leider immer noch, dass ich anfangen möchte zu essen und merke: „Stopp! Das Messer muss ja in die rechte Hand!" Aber dann klappt es gut.

Ehepaar

Meine Großmutter ging selten aus. Sonntags gingen wir zur Kirche. Manchmal gingen wir auch am Nachmittag zur Maiandacht. Allerdings freute sie sich über Besuch. In den Sommermonaten war wenig Zeit zum Plauschen, was so viel wie Plaudern bedeutet, aber wenn die langen Winterabende näher rückten, dann kamen auch hin und wieder Bekannte, und diese wurden bewirtet. Was sie sehr gerne anbot, war ein Stück Striezel. Man kann den Striezel mit dem Stollen vergleichen, allerdings fehlten die Nüsse, die zerlassene Butter und der Puderzucker. Rosinen waren allerdings drin. Ich pickte die Rosinen immer heraus und meine Oma aß sie. Sie sagte dann: „Du bist dumm. Du weißt nicht, was gut schmeckt." Ja, es war eher ein einfaches Gebäck aus Hefe, das vorwiegend in der Winterzeit gebacken wurde.

Sehr oft kam eine Bekannte aus dem Heimatort meiner Großmutter. Sie hatte eine schöne Stimme und ich hörte ihr gerne zu, wenn sie von ihrem Mann erzählte. Sie war begeistert von ihm und lobte sein Geschick und seine Hilfe im Haushalt. Kinder hatte sie keine. Sie konnte sehr schön singen und in der Kirche sang sie bei verschiedenen Liedern mit einer Art „Oberstimme" hinein. Das gefiel mir gut, und wenn ich alleine war, versuchte ich auch so zu singen, aber es klappte nicht.

Etwas hatte sie allerdings an sich, das mir missfiel. Sie bestand darauf, dass ich sie kämme. Nicht, dass ich ihr eine neue Frisur zaubern durfte, das wäre ja vielleicht noch interessant gewesen. Nein, ich sollte sie nur kämmen, und zwar mit einem kleinen Steckkamm. Ich musste dann hinter ihr stehen, und während sie sich mit meiner Großmutter unterhielt, fuhr ich ihr mit einem kleinen Kamm im Haar herum. Sie fand, dass es nichts Angenehmeres auf der Welt gab. Wenn ich dann träumte und vielleicht auf das Gespräch lauschte, vergaß ich das Kämmen, und sie rief sofort: „Mach weiter!" Mir war das äußerst langweilig und ich sagte meiner Großmutter, dass ich das nicht machen wolle. Als sie wieder einmal anrückte, ging ich kurzerhand zu einer Freundin. Oh, sie war enttäuscht. Das war ihr nicht recht und sie meinte, dass meine Oma doch so viel Einfluss auf mich haben müsse, dass ich da bliebe und sie kämmte. Meiner Oma war es peinlich, dass sie sich das anhören musste, und sie war sehr böse auf mich. Beide Damen waren äußerst sauer auf mich.

Als ich einige Zeit später anlässlich einer Spendensammlung bei diesem Ehepaar eintrat, merkte ich, dass auch ihr Mann sauer auf mich war. Ich hatte zufällig eine Hose an. Das war dann der Gipfel. Der Ehemann sah mich abfällig an und meinte, dass es in moralischer Hinsicht mit mir bergab gehe. „Wenn du schon Hosen anhast wie eine Amerikanerin, dann ist es nicht mehr weit bis zu deinem Untergang. Ein deutsches Mädchen trägt Röcke." Er schrie, dass ich mich schämen solle. Ich ging gleich nach Hause und traute mich nicht mehr, weiter im Dorf zu sammeln. Ich war verunsichert und wusste nicht, was ich falsch gemacht hatte.

Ich heulte und meine Großmutter wollte wissen, was los sei. So erzählte ich ihr den Zwischenfall. Ich hoffte, dass sie zu mir hielte, denn ich hatte ja nichts Unrechtes getan. Nun war es so gewesen, dass sie auch gegen diese Hose gewesen war, aber Tante hatte sie trotzdem bei Quelle bestellt. Sie hielt nicht zu mir. Sie sagte: „Der Apfel fällt nicht weit vom Stamm." Darauf konnte ich mir inzwischen einen Reim machen.

Sie wird auswachsen

Ich war ein großes Mädchen. Meine Großmutter fragte mich hin und wieder, wo ich noch hinwachsen wollte. „Du bist aber groß geworden!", sagten Bekannte, die mich ein Jahr nicht gesehen hatten. Alles war mir zu kurz und manchmal wurde ich sogar gefragt, warum ich so groß werden würde. Mir war das nicht recht. Auf die meisten Fragen wusste ich keine Antwort und in Wirklichkeit wollte ich ja auch kleiner sein. Ich machte es mir zur Angewohnheit, im Stehen abzuknicken bei leicht gebeugter Haltung. So fiel ich weniger auf, ging in der Menge unter oder passte in die Reihe.

Wenn ich neben meiner Oma ging, ermahnte sie mich, dass ich gerade gehen sollte. „Wenn du nicht gerade gehst, bekommst du einen Stecken ins Kreuz!", aber ich war schon groß und ging nicht mehr so oft neben meiner Oma einher.

Dann wurden die Jahrgänge 1943 und 1944 geimpft. Die Impfung fand im Bürgermeisteramt statt. Wir Kinder stellten uns in eine Reihe und bekamen mit einem Messerchen einen kleinen Schnitt in den Oberarm. Die Eltern oder Großeltern der Kinder saßen auf einer Bank in der Bürgermeisterei. Nach der Impfung sagte der Arzt vom Gesundheitsamt, dass ich eine schlechte Haltung hätte. Er riet meiner Großmutter, mich ärztlich untersuchen zu lassen. Auf dem Heimweg musste ich ganz gerade gehen und den Kopf hoch strecken. Sie schimpfte, weil ich ihr immer nur Sorgen bereitete. Schon bald gingen wir nach Groß-Felda zum Hausarzt. Er untersuchte meinen Rücken, zog die Schulterblätter hin und her, und stellte fest, dass ich schief war. Der Rücken sei krumm, sagte er und gab uns eine Überweisung zu einem Orthopäden in Alsfeld.

Oh, war das ein Heimweg nach Ermenrod. „Du wirst auswachsen", sagte meine Oma, und das bedeutete, dass ich einen Buckel bekäme. Es bliebe ihr im Leben nichts erspart und jetzt auch noch ich mit dem Buckel. Sie sei nicht streng genug gewesen, ich hätte bei den Hausaufgaben gelümmelt usw. Sie machte sich Vorwürfe, dass sie bei mir nicht alles richtig gemacht hätte. Die Vorhaltungen nahmen kein Ende. Ich konnte mir nicht vorstellen, einen Buckel zu haben. Hexen hatten oft einen Buckel und nun ich. Das ging alles über meine Vorstellungskraft hinaus. Wenn ich nur immer Sorgen machte, war es besser, wenn ich stürbe. So dachte ich damals, und in der Schule hörte ich nicht mehr zu, denn alles hatte keinen Sinn mehr.

Nach ein paar Tagen fuhren wir nach Alsfeld zum Orthopäden. Die Praxis befand sich in der Nähe der Post. „Ganz ausziehen", sagte der Arzt. Beim Hausarzt hatte ich nur den Oberkörper freimachen brauchen und hier sollte ich mich ganz ausziehen? Was sollte das bedeuten? Er kann doch an meinem Rücken sehen, dass er schief ist. Ich stellte mich taub und behielt die Unterhose an. Der Arzt meinte, dass er meine Hüftknochen sehen müsse, und ich solle die Hose ausziehen. Die Schuhe solle ich anlassen. Wie soll das aussehen – ohne Unterhose in den Schuhen? Meine Unterhose wollte ich unbedingt anbehalten und die Sache mit dem Buckel in Kauf nehmen. Ich ging in der Hose auf ihn zu und er zog sie einfach herunter. Ich genierte mich unendlich und blickte zur Decke hoch. Jeden Augenblick würde ich im Boden versinken. Nichts passierte. Nun sollte ich hin- und hergehen. Das war beschwerlich, weil ja meine Schlüpfer unter den Knien hingen, aber ausziehen wollte ich sie auf keinen Fall. Wenn sie unten hingen, konnte ich sie ja blitzschnell wieder hochziehen. Meiner Oma war die ganze Sache noch etwas peinlicher als mir. Sie stand mit versteinertem Gesicht dabei.

„Die Hüfte ist schief", sagte er und ich solle ein eigenes Bett bekommen, damit ich mich beim Schlafen richtig ausstrecken könne. Außerdem riet er mir, einem Turnverein beizutreten. Er verschrieb mir Krankengymnastik und in einem Jahr solle ich wieder zu ihm kommen.

Wir waren beide erleichtert und ließen uns die Turnübungen zeigen, die wir dann täglich zu Hause durchführten. Ich schlief fortan alleine auf dem Amibett. – Ich würde keinen Buckel bekommen. Gott sei Dank!

Kartoffelkäfer

„Was willst du einmal werden, wenn du groß bist?", fragte der Onkel den kleinen Harald. „Flüchtling", antwortete der Junge. Ja, wir Flüchtlingskinder brauchten nicht jeden Tag mit aufs Feld und bei der Stallarbeit helfen. Wir hatten ein freies Leben und der Nachmittag gehörte uns. „Flüchtlingskinder" ist aber nicht ganz richtig, denn wir waren die Kinder der Heimatvertriebenen. Darauf legte meine Großmutter immer größten Wert, denn wir waren ja nicht geflüchtet, sondern wir waren vertrieben worden. Uns Kindern war das egal. Wir hatten Zeit und verbrachten sie im Dorf und in der Umgebung. Wenn ein Bauernkind dabei war, dann konnte natürlich auf vielseitigere Spielorte zurückgegriffen werden. Wir spielten dann auch in den Nebengebäuden oder in der Scheune. Obwohl, mit der Scheune, das war so eine Sache. Wenn uns jemand bemerkte, wurden wir hinausgescheucht. Wenn eine Kuh im Heu etwas fand und fraß, das wir vergessen hatten, konnte das gefährlich sein.

Nur Heimatvertriebene beim Spielen auf dem Hof war auch nicht ideal, denn wir waren besser mit den eigenen Kindern zu ertragen. Spielplätze gab es damals noch nicht und auf dem Dorf schon gar nicht. Oft war auch das Gras hoch und wir durften dann nicht auf die Wiese.

Einmal waren wir zu dritt und alle drei Flüchtlingskinder – Gerda, Siegfried und ich. Am Ende des Dorfes war eine Kuhweide, deren Eingang mit drei Stangen gesichert war. Die untere Stange ließen wir, wo sie war. Die beiden oberen Stangen nahmen wir heraus. Eine Stange legten wir quer über die untere und so entstand eine Wippe. Wenn wir nur zu zweit waren, ging das schlecht, denn die Stangen waren schwer. Heute hatten wir Siegfried dabei und im Nu war die Schaukel fertig. Gerda und ich saßen auf der einen Seite und Siegfried auf der anderen. Mit den Füßen stießen wir uns ab und wipp und schwupp flogen wir abwechselnd in die Höhe. Nach einer Weile setzten wir uns fest auf die Stange und ließen Siegfried oben in der Luft hängen. „Du bleibst da oben, bis du verhungerst", so riefen wir. Siegfried lachte und sprang ab. Lange ging es auch nicht gut mit dem Schaukeln auf der Stange, denn auf dem harten Holz tat das Sitzfleisch verdammt weh. Siegfried hatte Lederhosen an.

Da kam ein Bauer mit zornigem Gesicht. Wir wussten wohl, dass es verboten war, auf den Stangen zu schaukeln, aber meist kam niemand dahinter. Er schimpfte, knallte mit der Peitsche und jagte uns weg. „Kartoffelkäferbrut", rief er. Gerda weinte, lief nach Hause und erzählte alles. Das war so ihre Art. Ich setzte mich auf den großen Stein hinter dem Haus, der so aussah wie ein großer Würfel und überlegte. „Kartoffelkäfer" hatte er uns genannt. Damals waren Kartoffelkäfer eine Plage. Dieses Ungeziefer konnte ganze Felder vernichten. Die Käfer wurden von den Stöcken abgelesen, „gesammelt" hieß das damals, und vernichtet. An diesen Aktionen beteiligte ich mich nicht, denn mir gefielen diese kleinen Käfer und ich dachte, dass sie ja auch leben wollten. Sie taten mir leid, aber das wusste niemand.

Ja, aber was hatten wir mit den Kartoffelkäfern zu tun? Keine Ahnung.

Einige Jahre später verstand ich, dass mit den Kartoffelkäfern wir Heimatvertriebene gemeint waren. Wir waren für die Landbevölkerung eine Plage, denn wir brauchten auch Platz und Nahrung.

Das Katzenvieh

In meiner Kinderzeit hatten die Tiere Aufgaben. Ein Hund z. B. hatte das Haus zu bewachen und vor einem Einbrecher zu schützen. Er musste „anschlagen", sonst war er nicht zu gebrauchen. Niemand wäre auf Idee gekommen, sich aus Freude am Tier einen Hund zuzulegen. Meist lag so ein Hund an der Kette vor dem Haus. Er hatte eine Hundehütte, in die er sich bei Regen zurückziehen konnte. Im Winter bekam er einen Sack vor den Eingang genagelt und Stroh ins Innere der Hütte. Ein Napf für Wasser stand dabei. Er bekam kein spezielles Futter, sondern die Reste des Essens seiner Herrschaft. Man ging auch nicht mit dem Hund „Gassi". Wenn er von seinem „Strick" gelöst wurde, dann ging er mit auf die Kuhweide und konnte sich austoben. Das waren sicher die glücklicheren Hunde.

Katzen sollten hauptsächlich Mäuse fangen. Sie bekamen zwar Milch, aber die Hauptnahrung musste gefangen werden. Die Haustiere wurden nicht kastriert oder geimpft. Kleine Kätzchen oder Häschen waren natürlich für uns Kinder zum Streicheln sehr willkommen. Auch bei den Kälbchen verbrachten wir gern unsere Zeit und die Mutterkuh schaute mit großen ängstlichen Augen zu.

Eines Tages kam meine Tante nach Hause und stellte eine Tasche auf den Tisch, in der es miaute. Ich schaute gleich hinein. Meine Großmutter schüttelte ungläubig den Kopf. Ein kleines, weißes, zitterndes Knäuel war in der Tasche. Eine Miezekatze hatte Einzug gehalten und das kam so: Nach der Arbeit musste meine Tante auf dem Heimweg einen kleinen Bach überqueren und an diesem Tag sah sie, dass sich gerade eine Tragödie abspielen sollte. Eine kleine Katze sollte ertränkt werden. Das konnte meine Tante nicht geschehen lassen. „Lass sie doch am Leben", bat sie den Bauern. „Auf eine mehr oder weniger wird es doch nicht ankommen." Oh, meine Oma schimpfte. Wir könnten doch hier oben keine Katze halten. Wir wohnten im zweiten Stock und die Katze hätte keinen Auslauf. Wir könnten hier kein „Katzenvieh" gebrauchen. Meine Tante sagte, sie habe nicht anders entscheiden können. „Wenn die Katze am Leben bleiben soll, dann nimm sie mit", so hatte der Bauer gesagt. Nun hatten wir sie.

Wir standen alle drei vor der Tasche und überlegten. Ich nahm sie dann heraus und setzte sie auf den Boden. Sie kratzte mich und lief sofort unter das Bett und verkroch sich. Sie hatte Angst. Ich redete mit ihr, aber ohne Erfolg. Ich wollte mit ihr spielen und fand es merkwürdig, dass sie sich versteckte. Ganz sicher war ich mir, dass sie mich verstand – oder doch nicht? Nichts half. Ich war total enttäuscht. Sie muss doch merken, dass ich sie lieb habe, dachte ich. Sie blieb unter dem Bett bis spät abends. Dann roch es verdächtig. Meine Tante machte sich aus dem Staub. Meine Großmutter musste die Sache ausbaden. Sie kroch unter das Bett und tauchte die Nase der Katze in den Katzendreck. Dann nahm sie Asche und streute sie auf den Haufen. Nach einer Weile konnte sie so das Katzenhäufchen entfernen und den Boden wischen. Dann gab sie dem Kätzchen etwas zu fressen. Sie nahm eine leere Schachtel und legte eine alte Jacke hinein. Darin verbrachte die Katze ihre erste Nacht bei uns.

Am nächsten Morgen zeigte meine Tante der Katze einen ganz besonderen Weg nach draußen, und zwar durch das Fenster. Unser Fenster hatte neben den zwei normalen Scheiben noch zwei kleine im oberen Bereich. Meine Großmutter sagte „Schlaglen" zu diesen Fenstern. Neben dem Haus stand ein Baum so nahe, dass ein Ast fast unser Fenster berührte. Sie setzte die Katze auf den Ast und ging hinunter. Von unten lockte sie die Katze und diese kletterte hinab. Einige Zeit später setzte sie die kleine Katze auf den Baum und lockte oben am Fenster und die Katze kam auf diesem Weg auch wieder zu uns hoch. Es war die genialste Lösung aller Zeiten. Sie hat ihr Geschäft nie mehr in der Wohnung verrichtet und „Katzenvieh" nannte sie meine Großmutter nur am Anfang. Später sagten wir alle „Mietzi" zu ihr und sie saß am allerliebsten auf meinem Schoß, wenn ich Schularbeiten machte. Wenn sie nicht da war, konnte ich nicht rechnen. So schnell hatten wir uns an sie gewöhnt.

Onkel Paul

Als ich neun Jahre alt war, heiratete meine Mutter. Ihr Mann war für mich „Onkel Otto". Sie wohnten in der Nähe von Gießen bei Ottos Eltern und in den Ferien besuchte ich die Familie. Plötzlich hatte ich eine neue Oma und einen Opa. Sie kannten mich nicht, aber waren ausgesprochen lieb und herzlich zu mir. Meine neue Oma hatte erfahren, dass ich so gerne Kartoffelpuffer esse, und so gab es am nächsten Tag welche. Das war neu für mich, dass etwas nur wegen mir zubereitet wurde. Der Pfannkuchen wurde auf ein Stück Brot gelegt, damit das Fett in das Brot einziehen konnte. Das war ein ganz feines Essen. Ganz schnell freundete ich mich auch mit Onkel Paul an. Er war der Schwiegersohn der neuen Oma, aber leider war seine Frau bei der Geburt von Annelie gestorben. Annelie war in meinem Alter. Onkel Paul war aus Ostpreußen und nannte mich Mariellchen oder so ähnlich. Er arbeitete bei den Amerikanern und zum Wochenende fuhr er mit einem Kleinlaster in den Vogelsberger Dörfchen umher und sammelte Altwaren. Die Stimmung im Haus war immer irgendwie leicht und heiter. Es wurde nicht geseufzt und geklagt, was für mich völlig neu war. Und noch etwas widerfuhr mir hier: Es gab nichts an mir auszusetzen. So wie ich war, war ich richtig. Etwas ganz Neues und Einmaliges.

Einmal ging ich mit meiner Großmutter in Ermenrod zum Milchholen. Eine Glocke erklang und schon hörte ich eine Stimme: „Lumpen – Eisen." Dann wieder die Glocke. Die Stimme kam mir bekannt vor. War das nicht der liebe Onkel Paul? Ich erkannte ihn. Er war zwar schmutzig im Gesicht, aber es war Onkel Paul. Neben ihm im Auto saß ein junger Amerikaner. „Onkel Paul", rief ich. Ganz aufgeregt und voller Freude wollte ich zum Auto laufen. Meine Großmutter erschrak. Sie zitterte am ganzen Körper und hielt mir den Mund zu. Ganz fest packte sie meinen Arm und zog mich weg. Ängstlich schaute sie sich um, ob jemand meine Rufe gehört haben könnte. Es schien nicht so. Sie war etwas erleichtert. „Nun schnell weg von der Straße. Oh Gott, diese Schande. Wir kennen einen Lumpensammler und sagen ‚Onkel Paul' zu ihm." Als sie die Hand von meinem Mund löste und ich wieder Luft bekam, rief ich wieder aus vollem Hals nach Onkel Paul. Er sollte doch wissen, dass ich ihn erkannt hatte. Ich wollte meine Oma aufklären, aber sie hielt mir wieder den Mund zu. Onkel Paul fuhr wieder aus dem Dorf hinaus, die Glocke war ganz leise geworden und wir gingen heim.

Auch zu Hause, als sie endlich von mir abließ, konnte ich ihr nicht erklären, dass ich Onkel Paul doch so mochte und ihn gern näher gesehen hätte. Kein Wort durfte ich sagen und ich verstand die Welt nicht mehr.

Rote Haare

In meinem Heimatort gab es nicht viele Kinder mit roten Haaren und das war ein Glück. Als wir noch bei der Wenzel-Oma (so nannte ich die Mutter der Bäuerin) wohnten, kam oft ein Mädchen aus Kirschgarten (das ist ein kleiner Ort) zu Besuch. Ich weiß nicht, ob es ihre Enkeltochter war, aber leider hatte diese rote Haare. Sie war ein hübsches Mädchen und lachte viel, aber halt ihre Haare. Sommersprossen hatte sie keine, und das war ihr Glück, denn rote Haare und Sommersprossen, das war entsetzlich für die Eltern. Besonders schlimm war es für die Großeltern. Wenzel-Oma ging ganz gebückt. Sie hatte ihr Gesicht fast auf dem Boden. Ich sah ihr manchmal zu, wenn sie Waffeln zubereitete. Sie hatte ein Waffeleisen, das man in den Küchenherd einhängen konnte. Vorher wurden die Ringe entfernt. Rothaarige Kinder mussten sich damals allerlei Sprüche anhören und es klang alles nach Teufel und Schrecken. Auch „Linkshänder" wurden nicht anerkannt. Schon als kleine Kinder bekamen sie einen Schlag auf die linke Hand, wenn sie sie zum Gruß reichen wollten. „Nimm die schöne Hand!", hieß es dann. Bis zum Schulanfang erfolgte eine tränenreiche, mühevolle Umerziehung. Ob rote Haare, ob Sommersprossen, ob „Linkstatsch", so nannte meine Oma die Linkshänder, es waren damals Außenseiter der Gesellschaft.

Einmal war eine Hochzeit in dem Haus, in dem wir eine Kammer hatten, und wir beide, das rothaarige Mädchen und ich, sollten mit auf das Brautbild. Dieses Bild war ein Gemeinschaftsfoto aller Hochzeitsgäste und sollte als bleibende Erinnerung besonders schön werden. Bei allen Hochzeiten wurde dieses bestimmte Foto immer vor den Hauseingängen aufgenommen, oft auf der Treppe, und war fester Bestandteil einer Hochzeit. Wir stellten uns dazu, aber der Fotograf verzögerte die ganze Angelegenheit und nun stellte sich endlich heraus, dass das rothaarige Mädchen keine Mütze auf hatte. Sie musste eine Mütze aufsetzen, damit nicht jeder gleich sah, dass sie rote Haare hatte. Wir standen und warteten, aber dann kam sie in Mantel und Mütze! Sie machte einen sehr guten Eindruck und das Foto war schließlich auch schwarz-weiß und niemand nahm Anstoß.

Schwarz über die Grenze

Eines Abends, ich lag schon im Bett, bekamen wir Besuch. Die Frau kam mir irgendwie bekannt vor. Den Mann hatte ich noch nie gesehen. Meine Großmutter erkannte sie zuerst. Es war ihre Schwiegertochter aus der „Ostzone". So nannten wir früher die ehemalige DDR. Mein Onkel hatte sie 1946 geheiratet und das Brautbild hing bei uns an der Wand. Der Mann war der Bruder meiner Tante Erika.

Sie hatten Rucksäcke auf dem Rücken und saßen nun ganz erschöpft am Küchentisch. Sehr weit waren sie zu Fuß unterwegs gewesen. Es stellte sich heraus, dass sie „schwarz" über die Grenze gekommen waren. Im Rucksack hatten sie Kartoffeln, Eier und Speck. Der junge Mann sollte hier im Westen arbeiten. Die Eltern der beiden waren gestorben. Einzelheiten der Erzählungen, die jetzt folgten, begriff ich nicht. Ich dachte nur immer daran, dass sie schwarz über die Grenze gekommen waren. Jetzt waren sie aber ganz weiß im Gesicht, besonders der junge Mann. Meine Tante war etwas rosiger. Sie mussten sich unterwegs gewaschen haben. Aber warum hatten sie schwarz sein müssen? Tausend Fragen!

Nun, ich musste zuerst aus dem Bett raus und auf das Amibett. Im breiten weichen Bett sollten Tante Erika und meine Oma schlafen. Tante Erika und meine Großmutter verstanden sich sehr gut. Die Schwiegertochter hatte ihren Sohn verloren, als er noch ganz klein war, und damals gingen viele Briefe hin und her. Sie sollte es bequem haben. Normalerweise schlief ich mit Oma in dem schönen Bett. Das Amibett war nun für Tante und mich und der junge Mann wollte auf dem Boden vor dem Ofen schlafen. Das ließ meine Tante aber nicht zu. Sie baute ihm ein Bett. Sie rückte die Nähmaschine so an den Tisch heran, dass eine annehmbare Fläche entstand. Dann legte sie zunächst die Wintermäntel darauf und dann ein Leintuch. Ein Federkissen kam dazu und dann „er". Oben drauf kam eine Zudecke. Der ganze Aufbau war ziemlich hoch, und wenn er sich bewegte, dann wackelte die Deckenlampe. Seine Füße schauten aber trotz aller Maßnahmen hervor. In dieser Nacht wachte ich immer wieder auf. Der Mond schien herein und diese langen Füße leuchteten im hellen Schein. Ganz genau studierte ich die Füße und fragte mich, ob alle Männer solche Füße hatten.

Die verschüttete Milch

In einigen Tagen sollte ich das erste Mal zur Schule gehen und heute durfte ich allein Milch einkaufen. Ich war sehr stolz. Das Geld für die Milch wickelte meine Großmutter in ein Stückchen Papier und legte es in die Milchkanne. Ein Liter Milch – das war mein Einkauf. „Vergiss nicht, was du bringen sollst", ermahnte sie mich. Leise sagte ich immer wieder: „Ein Liter Milch", fast bei jedem Haus. Ich wollte meine Sache gut machen.

Vor der Milchausgabestelle (so hieß das damals) stand Siegfried Schebeska. Er ging schon zur Schule und hatte auch Milch geholt. Seine große Familie stammte aus dem Ruhrgebiet. Seine Kanne war auch viel größer als meine. Sie war außen dunkelrot und innen weiß. Meine war aus Blech und silberfarben. Er schleuderte seine Kanne hin und her und wieder hin und her, und schließlich machte die Kanne einen großen Bogen über seinen Kopf hinweg und dann hing sie wieder unten. „Ist die Kanne leer?", fragte ich ihn. „Nein, sie ist voll, und das ist doch gerade das Kunststück." Ja, er war wirklich ein toller Bursche. Kein Tropfen Milch war herausgelaufen. Ich war fasziniert. Gut, er ging schon zur Schule. Solche Sachen kann man schon, wenn man älter ist, dachte ich. „Probier es!", sagte er zu mir. Ich probierte es und schleuderte die Kanne eine Runde. Ich konnte es also auch. „Hol erst die Milch", sagte er, „und dann probierst du es noch mal."

Die Großmutter meiner Freundin Gerda gab die Milch aus. Sie nahm das Geld aus der Kanne und maß die Milch ab. Die Behälter zum Abmessen der Milch waren aus Kupfer und hingen nebeneinander an der Wand. Der kleinste Behälter war ⅛ Liter, dann kam der ¼ Liter, der halbe Liter und dann der große für einen Liter. Sie tauchte den großen Behälter in die riesige Milchkanne und schüttete den Inhalt in meine kleine Kanne. Als ich mit der Milch wieder auf die Straße kam, war Siegfried verschwunden. Aber was hatte er gesagt? „Mit der Milch probierst du es noch mal." Sollte ich? Ich war schon fast zu Hause, als ich es dann doch probierte. Zuerst vor und dann zurück und wieder vor und zurück, und jetzt mit Schwung über den Kopf, aber oh Gott, es klappte nicht. Die Milch ergoss sich über meine Haare und über mein Kleid. Nur noch ein paar Tropfen waren in der Kanne. Der Deckel der Milchkanne lag in der Nähe eines Misthaufens.

Meine Großmutter kam mir schon entgegen. Sie hatte mich anscheinend vom Fenster aus beobachtet. Sie war außer sich. Dieses unmögliche Kind war ihre Enkelin. Wahrscheinlich hatten auch andere Leute mich beobachtet, und das machte die Sache noch viel schlimmer. Sie dachte sich eine besondere Strafe für mich aus. Sie holte Holzscheite und legte sie auf den Boden. Auf diesen Holzscheiten musste ich knien. Das ist eine wahrlich höllische Strafe. Dagegen ist eine Prügelstrafe mit der Fliegenplatsche nicht erwähnenswert. Der Erfolg war auch auf ihrer Seite. Nie mehr habe ich Milch verschüttet, und zwar bis zum heutigen Tage.

Die Zeit fliegt

Meine Großmutter schüttelte hin und wieder den Kopf und sagte: „Die Zeit fliegt." Die Zeit ist doch kein Vogel, der fliegen kann, dachte ich. Meine Großmutter sagte schon komische Sachen. Was sie nur immer hat mit der Zeit? Die Zeit vergeht doch so unendlich langsam. Sie könnte doch schneller vergehen. Dann wäre auch eher Weihnachten und dann wären auch die Ferien eher da, aber es war ja ganz anders. Ein Jahr war endlos.

Wie lange dauerte ein einziger Winter? Jeden Tag waren wir mit den Schlitten unterwegs. Seit langen Zeiten war es schon so und wahrscheinlich war es nie anders gewesen. Doch, es gab doch auch den Sommer, aber in einem anderen Leben. In der Nacht hatte es wieder geschneit und dicke Flocken kamen uns entgegen, als wir die Schule verließen. Weihnachten war schon lange her und nur ganz langsam kam der Frühling. Wie würde das sein, wenn man keinen Mantel mehr anzuziehen brauchte? Das konnten wir Kinder uns nicht vorstellen.

Dann kam der Sommer wirklich, diese herrliche Zeit, diese lange warme Zeit. An den Winter konnte man sich kaum noch erinnern. Jetzt war es warm und sonnig, fast jeden Tag, und noch so lange bis zu den Sommerferien. Dann kamen endlich die Ferien. Sie dauerten und dauerten. War man wirklich mal in dieses Gebäude gegangen, in die Schule? Wie hatte es darin ausgesehen? Das war so lange her. Der Sommer dauerte eine Ewigkeit.

Hin und wieder, wenn meine Mutter mich besuchte, dann schaute ich ängstlich zur Uhr, weil der Zeiger sich so schnell bewegte. Die Zeit sollte nicht so schnell vergehen, aber sie verging wie im Flug. So ging das Leben hin, wie im Flug, und meine Großmutter hatte recht behalten.

Der Adventskalender

Meine Tante arbeitete in der Molkerei im Nachbarort. Sie kam mit dem Fahrrad am späten Nachmittag nach Hause. Oft ging ich ihr entgegen. Wenn sie mich sah, freute sie sich, und sie setzte mich dann auf den Rücksitz und fuhr mit mir heim. Manchmal hatte sie auch etwas zum Essen dabei. Es war „Hasenbrot" und schmeckte köstlich. In Wirklichkeit waren es die Reste ihres Frühstücks, aber das wusste ich nicht. Ich dachte, sie hätte es wirklich von einem Hasen bekommen. Im Winter konnte sie hin und wieder nicht mit dem Fahrrad fahren, denn sie musste früh los, und wenn es geschneit hatte, kam sie mit dem Fahrrad nicht vorwärts.

Einmal holte ich sie bei Schneegestöber ab und sie hatte eine ganz besondere Überraschung für mich: einen „Adventskalender"! Ein Weihnachtsbaum war darauf abgebildet und an diesem Baum hingen Päckchen mit Nummern. Es waren 24 an der Zahl. Sie erklärte mir, dass ich jeden Tag ein Türchen aufmachen sollte. So würde die Zeit bis zum großen Ereignis überschaubar werden und ich müsste nicht jeden Tag fragen, wie lange es noch bis Weihnachten dauere, wie oft ich noch schlafen müsse usw. Ach, ich freute mich sehr. Was wird wohl für ein Bild hinter dem Türchen sein? Der Kalender wurde so an der Wand befestigt, dass ich gleich im Bett nach dem Aufwachen das erste Türchen aufmachen konnte.

Am 1. Dezember kam dann endlich der große Moment. Augen auf und der erste Gedanke war das Türchen. Ein Apfel war abgebildet und am nächsten Tag eine Nuss. Die Motive wurden dann zunehmend weihnachtlicher. So kamen Engel zum Vorschein, Weihnachtskugeln und zuletzt am 24. Dezember eine kleine Krippe. Als ich mir die Krippe ausgiebig angeschaut hatte, nahm meine Oma den Kalender und verschloss die Türchen für das nächste Jahr. Bei uns wurde alles aufbewahrt. Sogar am Heiligen Abend nach der Bescherung bügelte meine Großmutter das Weihnachtspapier. Sie legte es fein säuberlich in eine Schachtel und mein Adventskalender kam dazu.

Winterzeit – Zeit der Besuche

Der Winter war die Zeit, in der sich die Heimatvertriebenen untereinander besuchten. Im Frühling und Sommer ging es jeden Tag in den Garten, aber in der kalten Jahreszeit setzte man sich gemütlich zusammen. Während ich mit den einheimischen Kindern genauso befreundet war wie mit den Kindern, die wie ich aus dem Sudetenland oder Egerland kamen, pflegte meine Großmutter hauptsächlich Freundschaften mit den ehemaligen Nachbarn aus der alten Heimat. Da waren es die Erinnerungen, die aufgefrischt wurden, und das gemeinsame Schicksal. Meine Tante freundete sich schon eher mit den Einheimischen an, aber meine Oma wurde in Oberhessen nicht richtig heimisch. Sie war als „alter Baum" verpflanzt worden und wünschte sich nichts mehr, als wieder nach Hause zu kommen.

Immer nach Weihnachten gingen Oma und ich zu einem Ehepaar, das in einer Mühle etwas außerhalb der Ortschaft wohnte, um deren Christbaum zu betrachten. Die Frau war immer sehr still und sprach kaum. Der Mann hatte früher in einer Blaskapelle gespielt, und er erzählte mit Vorliebe davon. Dieses alte Ehepaar verbrachte die meiste Zeit im Wald. Sie hatten auch nur ein paar Meter bis zum Waldrand. In der Heimat hatten sie einen Bauernhof und nun fanden sie keine neue Aufgabe oder Tätigkeit. Sie seufzten und klagten. „Es ist ein Kreuz", sagten sie und meine Oma nickte. Ich kann mich noch an viele Einzelheiten erinnern, so weiß ich noch genau, wie die Einrichtung in dem Zimmer war und wie der Christbaum aussah. Am Christbaum hingen Gebäck und Lametta. Lametta sah man an den meisten Weihnachtsbäumen. Es wurde von meiner Großmutter Faden für Faden über die Zweige gelegt und erst in der zweiten Januarhälfte wieder abgenommen. Meine Tante warf das Lametta an den Baum und es gab deshalb immer Streit. Also Gebäck am Baum, das war eine

Besonderheit. Wenn wir an so einem Tag den Baum gebührend bewundert hatten, schnitt Frau W. für mich einen Gebäck-Kringel vom Baum ab und ich durfte ihn verspeisen. Meine Oma lehnte ab, denn ihr schmeckten die Plätzchen nicht. Das sagte sie aber immer erst zu Hause zu meiner Tante. Die Plätzchen waren aus Grieben. Der Speck wurde klein geschnitten und ausgelassen und dann mit den anderen Zutaten vermengt. Später habe ich nie mehr solches Gebäck gegessen. Damals fand ich es sehr, sehr wohlschmeckend.

Frau Lehrer

Es begab sich im Jahre 1958. Unsere Handarbeitslehrerin war die Frau unseres Lehrers. Wir und eigentlich das ganze Dorf nannten sie der Einfachheit halber „Frau Lehrer". Als ich im achten Schuljahr war, bekam unsere Schule eine Nähmaschine für den Handarbeitsunterricht. Unsere Schule war ja modern und ging mit der Zeit. Wir waren sehr stolz und lernten also nähen. Unser erstes Stück war eine Schürze, die im Anschluss noch mit Kreuzstichen am Oberteil verziert wurde. Sticken konnten wir zwar schon, denn wir hatten uns einen wunderschönen Taschentuchbehälter mit den verschiedenen Stickmustern hergestellt, aber bei der Schürze wurde nun eine „Borte" gestickt. Dabei musste ausgezählt werden. Wir waren ja jetzt schon älter und konnten schwierige Handarbeiten ausführen.

Eine Schürze ist bestens geeignet, wenn man das Nähen erlernt, denn bei den langen Bändern zum Binden sind gerade Nähte erforderlich. Zuerst mussten wir natürlich das Einfädeln lernen. Es war fast so kompliziert wie das Einfädeln des Films bei dem Filmvorführgerät der Kreisbildstelle. Der Faden musste durch verschiedene Führungen und Spiralen hindurch, bis er schließlich in die feststehende Nadel eingefädelt wurde. Ein zweiter Faden kam aus einem sogenannten Schiffchen, das im Bereich unterhalb der Nadel einzusetzen war. Die Nähmaschine hatte Pedale und bei einem falschen Tritt zog sich der Faden wieder zurück und das Einfädeln begann von vorn.

Meine Schürze war rot, weil ich immer die Farbe Rot bevorzugte. Auch für die Stickerei wählte ich rotes Perlgarn, was zur Folge hatte, dass die Stickerei nicht zu sehen war, aber ich hatte einfach gerne Rot. Alle Schürzen wurden wunderschön, denn Frau Lehrer nähte doch die meisten Nähte selbst.

Danach durften wir uns aussuchen, was wir nähen wollten. Wir waren uns schnell einig, dass wir einen Rock haben wollten, und zwar mit einem Petticoat. Meine Oma konnte das Wort Petticoat nicht aussprechen und nannte den Unterrock „Reifrock". Das Leinen für den Reifrock brachte meine Tante aus Groß-Felda mit und den Stoff für den Rock bestellte Frau Lehrer in einem Katalog. Mein Stoff war ein weißer Leinenstoff und darauf waren Motive in allen Farben aufgedruckt. Er war der letzte Schrei und ging nur bis zum Knie, war also auch von der Form her aktuell. Meiner Großmutter war er zu kurz. Sie fand es unsittlich, so viel Bein zu zeigen, aber da die Näherei ja in der Schule stattfand, konnte sie nicht viel ausrichten mit ihren Bedenken. Den neuen Leinenunterrock sollte sie stärken, damit er absteht. Das war auch keine einfache Sache. Sie gab sich Mühe mit der Kartoffelstärke, aber mir war er immer nicht steif genug. Wenn er auf der Leine hing, war er zwar wie ein Brett, aber nach dem Bügeln und unter dem Rock fiel er wieder zusammen.

Ich träumte damals von einem Tüll-Petticoat, der aus vielen Lagen Tüll bestand und beim Gehen hin- und herwippte. Ich hatte das bei einem Mädchen im Kino gesehen. Er blieb ein Traum.

Omas Vanillekipferln

Das Weihnachtsgebäck bei den Heimatvertriebenen war eine Augenweide. Die Plätzchen waren ganz klein, mit Guss verziert, zusammengesetzt, mit Marmelade gefüllt und mit Nüssen verziert. – Das Gebäck bei den Bauern war einfacher und wohlschmeckender, jedenfalls für mich, denn die Bauern nahmen Butter zum Backen. Am besten schmeckten mir die Butterplätzchen. Sehr gut schmeckte aber auch das „Schwarz-Weiß-Gebäck". Der fertige Teig wurde in zwei Teile geteilt. Einem Teil wurde Kakao beigemischt. Danach wurden die beiden Teigrollen zusammengerollt, kühl gestellt und dann in Scheiben geschnitten. Die Heimatvertriebenen nahmen meistens Margarine, weil sie billiger war.

Ganz besondere Erfolge hatte meine Großmutter mit ihren Vanillekipferln. Sie gelangen, hatten immer die gleiche Form und oft sagten Bekannte: „Ein Konditor könnte es nicht besser machen." Sie blieben immer in Form und liefen nicht auseinander wie bei anderen Hausfrauen. – Oma hatte das Rezept aus der alten Heimat und in ihrem Besitz befand sich ein Vanillekipferlförmchen. Das war der Clou. – Es war ein Förmchen aus Holz, das von meinem Opa hergestellt worden war, und zwar aus Kirschbaumholz. Der fertige Teig wird kurz in das mit Mehl ausgepuderte Teil gedrückt und so entsteht dieses formvollendete Kipferl.

Das Rezept wurde weitergegeben und auch das Förmchen wurde oft ausgeliehen. Manchmal brauchten wir es, aber wir hatten es verborgt und auch diese Leute hatten es wieder weiterverborgt. Alle wollten solche schönen Kipferln haben. Irgendwann kam meine Großmutter auf die Idee, diese Form einem Bildhauer zu überlassen, der dann nach dem Vorbild des alten Modells weitere Formen, vielleicht in Serie, schnitzen könnte. Ich kann nicht sagen, ob das ein Erfolg war. Das Förmchen meiner Oma habe ich immer noch und meine Vanillekipferln werden auch so schön und formvollendet. Das Rezept ist auch noch das gleiche, aber ich nehme heute Butter:

Bröselteig:

28 Dekagramm Mehl
21 Dekagramm Pflanzenfett
10 Dekagramm Zucker
10 Dekagramm abgezogene, geriebene Mandeln
1 Päckchen Vanillezucker

Ein Dekagramm sind zehn Gramm.

Die fertigen goldgelben Kipferln werden noch heiß in mit Vanillezucker gemischtem Puderzucker gewendet.

Omas Sprichwörter und Redensarten

Am häufigsten sagte meine Großmutter: „Ach, es ist ein Kreuz." Sie meinte damit, dass das Leben schwer sei. Sie sagte das, wenn ein bestimmtes Lebensmittel ausgegangen war, wenn die Schuhe drückten, oder wenn es ihr zu kalt oder zu warm war. Oft sagte sie auch: „Ach, es ist ein Kreuz mit dir." Dann hatte ich mich nicht richtig benommen, und das kam jeden Tag vor. Meine Großmutter hatte es schwer mit mir.

Wenn sie sagte: „Der Apfel fällt nicht weit vom Stamm", ärgerte ich mich sehr, d. h. später, als ich verstand, was sie meinte. In den ersten Jahren begriff ich dieses Sprichwort nicht und wunderte mich nur, wie sie auf so etwas kam. Wenn ich mir z. B. in der Osterzeit mit einem roten Zuckerei die Lippen rot malte, dann war das das passende Sprichwort. Echter Lippenstift sei aus Läuseblut und ich solle mich schämen, dass ich in solchen Dingen meiner Mutter nacheiferte. Je älter ich wurde, umso öfter gebrauchte sie dieses Sprichwort.

Bei den Sprichwörtern „Wer hoch steigt, fällt tief", oder „Wer sich selbst erhöht, wird erniedrigt werden", und „Es ist noch kein Baum in den Himmel gewachsen" meinte sie immer andere Leute, die unbescheiden waren. Auf uns trafen diese Sprichwörter nicht zu, denn wir saßen immer in der letzten Reihe, kamen erst später dran, und bei der Ausgabe des Käses, der von der Hollandmission gespendet und in der Sakristei der Kirche ausgegeben wurde, waren wir die allerletzten, die etwas bekamen, denn bei uns war kein Mann im Haus, also kein „starker Esser".

Wenn wir in unseren Garten wollten, dann sagte sie: „Morgenstund hat Gold im Mund." Das klang sehr gut bei ihr und ich wusste, dass sie dann an ihren schönen großen Garten im Sudetenland dachte.

Sehr ärgern konnte ich sie, wenn ich unbedingt etwas wollte und mich zu der Äußerung hinreißen ließ: „Die anderen Kinder haben das auch", oder „Die anderen dürfen das auch." Dann war sofort ihre Frage: „Wenn alle ins Wasser springen, springst du dann auch?" Darauf konnte ich nichts erwidern.

Ein weiteres Sprichwort, das sehr oft zu hören war, klang so: „Sorge, aber sorge nicht zu viel, es kommt ja doch, wie Gott es will." Das waren meist Ratschläge an meine Tante, die sich immer Gedanken machte, wie es mit uns weitergehen würde. Wenn meine Tante wieder einmal klagte, dass sie von oben herab behandelt wurde, oder wenn sie sich beschwerte, dass jemand ganz arrogant mit ihr gesprochen habe, dann sagte meine Großmutter: „Mach dir nichts draus, denn Dummheit und Stolz wachsen auf einem Holz."

Sehr oft kam auch folgender Ausspruch: „Was werden die Leute sagen?" Ein großes Problem war es, besonders für meine Oma, dass wir uns alle drei so verhielten, dass wir im Dorf in keiner Weise auffielen. Auf keinen Fall wollte sie irgendwie ins Gerede kommen. Sie war der Meinung, dass man mit Strenge alles erreichen würde. Da ich keinen Vater hatte und auch meine Mutter nicht für mich sorgen konnte, wollte sie alles richtig machen mit mir, und dazu gehörte, dass sie sehr streng war.

Lautes Lachen konnte sie nicht ausstehen. Ein kultivierter Mensch lache in sich hinein, vielleicht auch noch verschmitzt, aber nicht laut. Am besten war, wenn man nur scheu lächelte. „Am Lachen erkennt man den Narren", sagte sie, wenn es mal lustig wurde, und das gab sofort einen Dämpfer. Flüstern war auch verboten. Manchmal sollte meine Oma irgendetwas nicht gleich bemerken und dann flüsterte ich mit einer Freundin. Sie sagte dann: „Hier wird nicht gezischbert!"

Ein Sprichwort, das meine Großmutter gebrauchte, verstand ich lange nicht, d. h., eigentlich begreife ich es erst in den letzten Jahren so richtig. Es lautete: „Zu gut ist liederlich." Ich dachte immer, dass ein Mensch doch nicht gut genug sein könne und dass das mit liederlich nichts zu tun habe, aber nun muss ich ihr inzwischen doch recht geben.

Wenn etwas nicht ihren Vorstellungen entsprach, dann war das ein „Schmarrn". „Schmarrn" stand aber auch für alles, das nicht gelang oder in irgendeiner Weise unzureichend war. Wenn ich z. B. etwas erzählen wollte, dann war das ein Schmarrn, egal um was es ging.

Ja, was sagte sie noch, z. B. wenn der Briefträger zu unüblicher Zeit einen Briefumschlag brachte, der einen schwarzen Rand hatte – also ein Telegramm? –: „Jesus – Maria" – manchmal schlug sie dabei auch das Kreuzzeichen. „Jesus Maria" rief sie aber auch, wenn ich mit völlig verdreckten Schuhen die Treppe hochkam, wenn ihr jemand Wurstsuppe brachte oder wenn ein Besuch vor der Tür stand, mit dem sie wirklich nicht gerechnet hatte. Es klang so: „Jeschischmarrja!!"

Das Gedicht

Wir Kinder mussten damals in unserer Schulzeit sehr oft Gedichte lernen. Wenn wir eins tadellos aufsagen konnten, kam schon wieder ein neues. Wir mussten es vor der Klasse vortragen, mit Betonung, und von wem es geschrieben wurde. Ein Gedicht gefiel mir besonders: „Die Bürgschaft". Das Ende gefiel mir besonders und ich sagte es auch hin und wieder ganz für mich allein auf. Es hatte viele Strophen, aber meine Oma kannte einen Trick, wie man ohne große Probleme das Gedicht am nächsten Tag in der Schule einwandfrei hersagen konnte. Das ging so: Am Abend vor dem Schlafengehen das Gedicht durchlesen, dann das Buch unter das Kopfkissen legen, und schon war alles klar. Bei mir klappte das immer. Wenn sich ein Kind nicht traute, das Gedicht vor der Klasse aufzusagen, dann durfte es in der Reihe stehen bleiben. Wenn ich ein Gedicht aufsagte, gefiel das unserem Lehrer. Er strahlte dann, nickte, und einmal nach dem Unterricht fragte er mich, ob ich zum Heldengedenktag auf dem Friedhof ein Gedicht aufsagen könnte. Er stellte die Frage so, dass man eigentlich nicht nein sagen konnte, schon weil man höflich war. Ein Mitschüler, „Paul", wurde ebenfalls ausgewählt. Bei ihm klang es sehr gut, wenn er ein Gedicht aufsagte, denn er wusste genau, welches Wort etwas leiser und welches etwas lauter zu sprechen war. Also wir beide bekamen ein Gedicht und wir hatten einige Tage Zeit zum Lernen. Oh, wir waren aufgeregt und hatten Bedenken, dass wir vielleicht stecken bleiben würden, und die vielen Leute auf dem Friedhof machten uns ängstlich.

Die Tage vergingen, und wenn ich an das Gedicht dachte, war ich so aufgeregt, dass ich plötzlich nicht mehr den Anfang wusste. Der Heldengedenktag kam. Wir Kinder standen mit unserem Lehrer etwas abseits. Zunächst sprach der Herr Pfarrer einige Worte, danach kam Paul mit seinem Gedicht, dann wieder eine Ansprache und zuletzt ich mit meinem Gedicht. Dann wurden die Namen der Gefallenen vorgelesen. Mein Vater war im Krieg gefallen und ich hörte gut zu, damit ich seinen Namen nicht verpasste. Ich kannte natürlich niemanden der Vorgelesenen, denn sie waren alle vor meiner Geburt gefallen wie mein Vater, oder in den letzten Monaten des Krieges. Die Namen hatte ich aber alle schon gehört. Eine Familie hatte drei Söhne im Krieg verloren und ich hörte alle drei Vornamen mit dem gleichen Nachnamen. Dann kam kein Name mehr. Meinen Vater hatten sie vergessen. Das schien mir unglaublich, da ich doch das Gedicht aufgesagt hatte. Wusste das denn niemand, dass mein Vater auch 1944 gefallen war?

Auf dem Heimweg fragte ich meine Großmutter, warum mein Vater nicht vorgelesen worden war. Sie meinte, dass wir ja nicht hierher gehörten und nur die Einheimischen hier aus dem Dorf vorgelesen worden seien. Sie nahm das ganz leicht hin. Es kam mir fast so vor, als hätte sie keinen Wert darauf gelegt, dass ihr Sohn auch erwähnt wurde. Es war ein trauriger Herbsttag und meine Oma meinte: „Ob er genannt wird oder nicht – er kommt nicht mehr zurück."

Im Flüchtlingsgarten

Wenn wir zu unserem Gartenstück wollten, mussten wir das ganze Dorf durchqueren, denn wir wohnten im letzten Haus und der Garten war am anderen Ortsrand. Später bekamen wir einen Garten in Richtung Schellnhausen, aber da wohnten wir wieder in einem anderen Bauernhaus. Ich durfte immer das „Kratzle" tragen. Das ist eine kleine Hacke mit kurzem Stiel. Den Rechen und die große Hacke trug meine Großmutter selbst, denn ich wäre sonst gefallen. Ich fiel jeden Tag hin, weil ich immer in der Luft herumschaute und nicht vor meine Füße.

Meine Großmutter hatte die ordentlichsten und „akkuratesten" Beete. Das sei schon so im Sudetenland gewesen, erzählte sie mir oft. Sie hätte dort einen riesengroßen Gemüsegarten gehabt und in der Heimat wachse alles besser, da das Klima besser sei. In Vogelsberg war ihr das Klima zu rau. Ja, schnurgerade waren die kleinen Abschnitte ausgerichtet, und das war wörtlich zu nehmen, denn sie spannte eine Schnur zwischen zwei Holzstöckchen und maß die jeweilige Länge und Breite ab. Auch die Wege zwischen den Beeten waren exakt und wichen keinen Zentimeter voneinander ab. Zuerst wurde der Boden durchgehackt, dann gerecht und zuletzt zog sie mit der Hand – an der Schnur entlang – die Furche, in die das Saatgut kam. Dann wurden die Körnchen ausgelegt und die Tüte steckte auf einem Holzstab am Ende der Reihe. So konnte man genau erkennen, was in Kürze in dieser Reihe aufgehen würde. Ich hätte so gerne auch einmal gehackt oder ausgesät, aber das durfte ich alles nicht.

Da die Gärten immer an einem Bachlauf lagen, war dort am Wasser mein liebster Spielplatz. So warf ich z. B. einen Stock ins Wasser und rannte am Bach entlang, um ihn dann wieder herauszufischen. Außerdem wuchsen am Bach Sumpfdotterblumen mit ihren dicken gelben Blüten und das blaue Vergissmeinnicht. Alle anderen Kräuter und Gewächse waren besonders grün und frisch und üppig. Manchmal durfte ich in einem Eimer Wasser holen. Meine Oma schüttete ihn dann in die Gießkanne und goss. Leider durfte ich nicht gießen, denn zum Gießen brauchte man Gefühl und das hatte ich laut meiner Oma nicht.

Als meine Tante einmal den Garten bepflanzte, weil meine Oma in Stuttgart war, verzichtete sie auf die Pflanzschnur und säte mehr oder weniger Flecken anstelle der Reihen. Den Salat steckte sie gerade dort, wo noch Platz war, und der Garten war zur Erntezeit ein einziges Überraschungsfeld. Ach, was schimpfte meine Oma. Sie erlaubte nur dem „Dill" herauszukommen, wo er wollte, aber die Zwiebeln und den Knoblauch an zehn verschiedenen Stellen zu suchen, das war für sie entsetzlich.

Meine Oma und meine Tante liebten Bartnelken. Sie blühten erst ein Jahr nach der Aussaat und ich konnte nicht verstehen, dass man so lange auf eine Blume warten musste. Mir war das nicht recht. Besonders schön blühten in jedem Herbst die Dahlien. Sie wurden nach der Blüte ausgegraben und in einer Holzkiste aufbewahrt. Dann im Mai des nächsten Jahres kamen die Wurzeln wieder in die Erde. Am liebsten hatte ich Astern, denn sie blühten zu meinem Geburtstag, und ich bildete mir ein, dass sie für mich blühten.

Onkel Heinrich und Tante Berta

Als ich noch ein kleines Mädchen war, freute ich mich über jeden Besuch, denn so etwas war eine willkommene Abwechslung. Es war zwar so, dass ich dann nicht in Erscheinung zu treten hatte, denn Kinder hatten dabei nichts zu suchen, aber ich nahm doch alles wahr und interessierte mich für die verschiedenen Personen. Ich durfte dann auch nicht mitessen, sondern bekam vorher etwas oder später. Das hatte damit zu tun, dass wir nicht so viel Platz am Tisch hatten. Es wurde auch anders eingedeckt. Ein flacher Teller und ein Suppenteller wurden aufeinander gestellt. Auch Servietten lagen auf dem Tisch. Meine Tante hatte einen kleinen Teil ihrer Aussteuer aus dem Sudetenland mitgebracht und dazu zählten zwölf sehr große weiße Servietten mit Monogramm: „SB". Das Essen kam auch nicht gleich aus dem Topf auf den Teller, sondern es standen Schüsseln auf dem Tisch.

Wenn Onkel Heinrich zu Besuch war, band meine Großmutter ihm die Serviette um, denn er war ihr kleiner Bruder, wenn er auch schon über 60 Jahre alt war. Er war einst in gehobener Stellung bei der Post angestellt gewesen (ein hohes Tier, sagte meine Tante), aber mit der Serviette um den Hals sah er aus wie der Suppenkasper aus dem Struwwelpeter-Buch. Seine Frau war Tante Berta. Sie konnte sich immer noch nicht damit abfinden, dass meine Großmutter mich aufzog, wo doch nicht erwiesen war, dass ihr Sohn auch wirklich mein Vater war. Für sie existierte ich nicht. Ich fand Tante Berta sehr einfältig, wo doch die Familienverhältnisse bei uns so klar und eindeutig waren und meine Oma meine Oma war. Immer wieder fing sie an und meine Großmutter fürchtete die spitze Zunge ihrer Schwägerin. Onkel Heinrich nickte immer liebevoll zu seiner Frau, aber auch zu mir. Er nannte mich „Trutschgerle". Das tat er aber nur, weil Tante Berta das lieber hörte, als wenn er mich beim Namen genannt hätte. Ich wusste, dass ich für ihn kein echtes Trutschgerle war. Tante Berta hatte einen großen Busen, der immer meine Blicke auf sich zog, und trug Schuhe, die fast bis zum Knie gingen und geschnürt werden mussten. Nach dem Essen musste sie ruhen und ich wurde immer wieder ermahnt, sie nicht zu stören, aber das wäre mir sowieso nicht in den Sinn gekommen. Sie hatte es „an der Galle" und meine Oma machte sich deshalb Sorgen. „Wenn Tante Berta kommt, muss ich anders kochen." Sie musste aber auch anders backen, denn wenn Tante Berta kam, waren die kleinen Apfelbuchteln mit Quark und Streusel noch kleiner und noch saftiger und süßer. Damals dachte ich, dass Tante Berta deshalb Gallenbeschwerden hatte, weil sie immer so viel Gift und Galle versprühte, und vielleicht stimmte das sogar.

Als ich heiratete, war Onkel Heinrich mein Trauzeuge, und auf dem Erinnerungsfoto lächelt er so liebevoll wie früher. Nun sind Onkel Heinrich und Tante Berta schon lange tot.

Der Friedhof

Meine Großmutter nahm mich immer mit zu Beerdigungen, auch als ich noch ganz klein war. Meistens war ich das einzige Kind, aber sie war der Ansicht, dass eine Beerdigung nichts Unangenehmes war. „Wir müssen alle sterben, denn das ist der Lauf der Zeit", sagte sie. Traurig sei nur, wenn ein junger Mensch sterbe, aber wenn jemand 60 Jahre alt sei, dann wäre seine Zeit abgelaufen. Die Großmutter meiner Freundin Gerda war damals 72 Jahre und ich hielt sie für die älteste Frau der Welt.

Bei uns im Sudetenland sei aus jedem Haus jemand mit zur Beerdigung gegangen, sagte sie immer, und so ging sie auch zu jeder Beerdigung. Mir gefiel es auf dem Friedhof und deshalb ging ich auch allein hin. Wir hatten zwar kein Grab, das zu pflegen war, aber ich ging trotzdem hin. Zum einen war es die Atmosphäre von Ruhe und Frieden, die mich anzog, zum anderen die Blumen. Schon beim schmiedeeisernen Eingangstor und bei der Wasserstelle am Eingang überkam mich ein friedvolles Glücksgefühl. Zunächst besuchte ich das Grab der Uroma der Familie, bei der wir wohnten. Es war die erste Tote, die ich gesehen hatte, und deshalb ging ich zu ihrem Grab. Dann besuchte ich das Grab der Großmutter meiner Freundin Helga, die ich auch gekannt hatte. Manchmal ging ich auch noch zum Grab der Mutter von Tantes Freundin Anni. Anni war Buchhändlerin und zog nach Frankfurt. Dieses Grab goss meine Großmutter hin und wieder, da sich sonst niemand darum kümmerte. Die Gräber der toten Heimatvertriebenen waren in einer Reihe angelegt hinter den Kindergräbern.

Am liebsten ging ich im Frühjahr zum Friedhof, wenn die Gräber bepflanzt wurden. Dann setzte ich mich zu Herrn Bräunlich. Er war im Sudetenland Gärtner gewesen und nun pflegte er einige Gräber.

Meistens setzte er Stiefmütterchen. Es gab sie in Weiß, Blau und Gelb. Manche Leute sagten auch Gesichterchen zu diesen Blümchen und ich fand sie allerliebst. Wenn man sie länger anschaut, sieht man wirklich ein Gesicht. Ich fand nicht in Ordnung, dass sie Stiefmütterchen hießen, denn mit der bösen Stiefmutter hatten sie doch wirklich nichts gemeinsam. Herr Bräunlich liebte seine Arbeit und erklärte mir alles ganz genau. Er zog die Blümchen selbst und bei ihm blühten sie das ganze Jahr über. Auf manchen Gräbern blühte Goldlack oder ein Tränendes Herz. Die ganz alten Gräber gefielen mir besonders. Sie hatten keine Grabsteine, sondern schmiedeeiserne Kreuze, die von Moos überwuchert waren. Oft blühte ein Rosenstock darauf. Herr Bräunlich wunderte sich immer, dass ich so großes Interesse an ihm und seiner Arbeit hatte, aber in Wirklichkeit tat mir einfach die Friedhofsruhe gut. Meine Großmutter durfte nicht wissen, dass ich meine Freizeit auf dem Friedhof verbrachte, aber Herr Bräunlich sagte ihr auch nichts.

Meine Oma erzählte mir oft, wie es bei ihr zu Hause gewesen ist. Im Sudetenland hatte jede Familie eine Grabstätte, in die alle Verstorbenen der Familie gelegt wurden. Zunächst ging die ganze Trauergemeinde in die Kirche zum Requiem. Danach wurde der Verstorbene zu Grabe getragen. Eine Kapelle spielte auf dem letzten Gang von der Kirche zum Friedhof und auch am Grab. Der Friedhof war gleich hinter der Kirche. Auch auf dem Rückweg spielte die Kapelle und in der Nähe des Wohnhauses des Verstorbenen waren die Weisen schon nicht mehr so traurig. Danach gab es ein richtiges Trauermahl mit Fleisch und Knödeln und auch mit Bier und Schnaps, denn oft hatte die Verwandtschaft einen weiten Weg mit der Kutsche oder dem Schlitten hinter sich und sollte wohl gestärkt wieder die Heimfahrt antreten. Die Kapelle spielte noch oft bis in den Abend hinein und aus der ehemals Trauergesellschaft wurde oft in kurzer Zeit eine fröhliche Gesellschaft. Die Leute hatten sich lange nicht gesehen und eine Beerdigung war eine gute Gelegenheit zum Austausch dieser und jener Neuigkeiten.

Bei uns in Ermenrod gab es „Totenweck". Der Teig war gehaltvoller als ein normaler Brötchenteig; der Totenweck glänzte wunderschön golden und man konnte ihn in der Mitte teilen. Meine Oma und meine Tanten aßen ihn sehr gern, aber ich konnte ihn nicht verspeisen. Meine Oma schimpfte, weil ich so dumm und der Weck so gut sei, aber ich konnte es einfach nicht. Schon allein das Wort „tot" hielt mich davon ab. So dumm war ich damals.

Zwei Teile Fahrrad

Meine Freundin Annemarie hatte ein Fahrrad, mit dem nur sie fahren konnte. Es zog immer in eine Richtung, und wenn man damit geradeaus fahren wollte, musste man links steuern. Das hatte seine Gründe. Erstens war es ein ganz altes Fahrrad und nicht mehr richtig in der Spur. Zweitens war es nach einem Sturz des Bruders nicht richtig repariert worden. „Zur Konfirmation bekommst du ein neues Fahrrad", sagte ihre Mutter. „Es wird schon noch so lange gehen. Du musst halt langsam fahren." Annemarie hatte einen weiten Schulweg. Sie wohnte in Schellnhausen. Wenn sie morgens kam, stellte sie das Fahrrad bei uns ab. Dann gingen wir zusammen zur Schule.

Wenig später passierte es. Wir wollten über den Berg von Groß-Felda nach Schellnhausen fahren. Der Weg war steil und holprig, und gleich hinter Groß-Felda brach ihr Fahrrad auseinander. Sie fiel hin und die beiden Radteile lagen im Straßengraben. An der alten Schweißnaht war es auseinander gebrochen. Was tun? Es war ein sehr schweres Rad und einer allein konnte es nicht tragen. Außerdem war es hinüber, aber sollten wir es einfach hier liegenlassen? Annemarie wollte sich so schnell nicht von ihrem Fahrrad trennen. Sollte ich mein Fahrrad zunächst liegen lassen und ihr beim Transport der Teile helfen? Wir beratschlagten uns und hatten bald eine Lösung. Wir bauten die zwei Teile des alten Fahrrades so auf mein Fahrrad, dass man meins noch bewegen konnte und eine ganz neue, eigenartige Konstruktion entstand. Auf den ersten Blick konnte man nicht feststellen, um was für ein Fahrzeug es sich handelte. Außerdem fanden wir es zum Lachen. So schoben wir es langsam nach Hause. Das, was wir schoben, hatte zwei Lenker und vier Räder, zwei Lampen und vier Pedale, aber nicht an den gewohnten Stellen.

Wir lachten, bis wir Schellnhausen erreichten, und Annemaries Mutter lachte auch.

Der Silvesterabend

Wir hatten Ferien und gingen jeden Tag zum Schlittenfahren. Am Abend hörten wir Weihnachtslieder im Radio. Der Weihnachtsbaum stand bei uns immer sehr lange, oft weit in den Januar hinein. Er nadelte nicht. Ich war damals zwölf und hatte im Radio gehört, dass an einem Silvesterabend gefeiert wird. Meine Großmutter hatte vor, wie immer um 10 Uhr ins Bett zu gehen. „So, wie man das neue Jahr anfängt, so wird das ganze Jahr." Das sagte sie immer und das bedeutete für sie, dass alles in Ordnung sein sollte, keine schmutzige Wäsche, auch keine nasse Wäsche, alles sauber und ordentlich, und zufrieden sollte man sein. Ich wollte gern aufbleiben und irgendwie das neue Jahr begrüßen. Was ich eigentlich wollte, wusste ich selbst nicht. Alles sollte einmal anders sein. Auf keinen Fall wollte ich mich ins Bett legen. „Du bist unzufrieden", sagte meine Großmutter, „du wirst das ganze Jahr unzufrieden sein." Das kann schon sein, dachte ich mir, aber was soll ich machen?

Meine Oma machte den Vorschlag, zu einer Bekannten zu gehen. Diese hatte eine Tochter und wir sollten zusammen „plätschen". So nannte meine Oma das Kartenspielen. Wir spielten immer Rommé. Meine Oma konnte sämtliche Kartenspiele, da sie als sechstes Kind und erstes Mädchen zur Welt gekommen war. Sie hatte das Kartenspielen von ihren Brüdern gelernt. Sie konnte sogar Tarockkarten deuten. Das gab sie aber nicht zu.

Wir gingen also am Silvesterabend zu den Bekannten. In meiner Vorstellung war das alles zu klein und eng. Ich wollte feiern, konnte mir aber auch nicht vorstellen, wie das gehen sollte, aber besser, als zu Hause im Bett zu sitzen, war es schon. Wir spielten also zu viert Rommé und tranken Himbeersaft. Die Damen wurden im Laufe des

Abends müde und unaufmerksam. Wir Mädchen fingen an zu schummeln. Das war sonst nicht unsere Art, aber an diesem Abend spielten wir nicht ehrlich. Wir tauschten unter dem Tisch die Karten aus. Wir mischten so oberflächlich, dass wir irgendwie immer zu einem Joker kamen. Meine Oma nannte diese Karte „Scholli" und spielte nur mit vier dieser Karten. Mit sechs, wie im Spielplan vorgesehen, spielte sie nicht. Das war schon im Sudetenland so. Dort wurde auch nur mit vier Schollis gespielt. Das sei anspruchsvoller.

Wir Mädchen gewannen haushoch jedes Spiel und wurden immer dreister. Kurz nach Mitternacht hatten wir fast alle Pfennige gewonnen, die als Spielgeld ausgegeben worden waren, und die gute Laune hatte ihren Höhepunkt erreicht. Das Geld kam dann wieder zurück in die Blechdose. Wir wünschten uns ein gutes neues Jahr und verabschiedeten uns. „Was wird uns das neue Jahr bringen?", fragte meine Großmutter auf dem Heimweg.

Die Sterne leuchteten über uns und der Schnee glitzerte. Es war eine wunderschöne Nacht. Ich sagte nichts dazu, aber ich machte mir Sorgen. Ein ganz schlechtes Gewissen machte sich breit, hatte ich doch das Jahr mit Lug und Trug begonnen. Was sollte aus solch einem Jahr werden?

Das verdiente Geld

Als wir Kinder eines Mittags aus der Schule kamen, stand ein großes, schwarzes Auto direkt bei der Kirche. Ein kräftiger Mann schaute aus dem Fenster, und als ich vorbeiging, fragte er mich, ob ich mir etwas verdienen möge. Ja, gern, das kam mir gerade recht. Ich war damals 13 Jahre alt und hatte viele Wünsche. „Steig ein", sagte er. Da saß ich auch schon neben ihm. – „Es ist keine schwere Arbeit. Du bietest allen Haushalten hier im Ort diese Broschüre an: ‚Gute Ratschläge für die Hausfrau'. Wer sich die Zeitschrift nicht gleich kaufen möchte, kann sie eine Woche behalten und sich dann entscheiden." – Gut, ich bekam einen großen Berg Zeitschriften. Er half mir, sie in unsere Wohnung zu tragen. Nun hatte ich zu tun. Zunächst in alle Haushalte, um die Broschüre abzugeben, und dann nochmal die Runde zum Kassieren oder Einsammeln. – Eine Woche hatte ich Zeit. Oft waren die Leute nicht zu Hause und beim nächsten Mal wieder nicht.

In dieser Woche überlegte ich mir, was ich wohl verdienen würde. Darüber hatten wir nicht gesprochen. Ich blätterte jeden Tag im „Quelle"-Katalog und schließlich stand es fest: Ich würde mir eine Hose bestellen. Wir trugen damals alle Röcke und das Tragen von Hosen kam erst langsam auf. Meine Mutter hatte bei ihrem letzten Besuch eine Hose getragen und ich fand Hosen umwerfend. Meine Wahl fiel auf eine 3/4-lange schwarze Hose mit kariertem Umschlag in Größe 36. Sie kostete elf DM. „Du wirst aussehen wie eine Amischickse", sagte eine Nachbarin, aber das störte mich nicht.

Runde um Runde drehte ich mit meinen Zeitschriften im Dorf und nach einer Woche stand das Auto wieder vor der Schule. Der Mann fuhr mit mir nach Hause und ich übergab ihm das Geld, das ich einkassiert hatte. – Er gab mir 11 DM. Ich griff nicht gleich zu, aber er sagte: „Nimm es schon, du hast es verdient." Hurra, die Hose gehörte mir! – Gleich am Abend bestellten wir sie, d. h., Tante bestellte sie endgültig einen Tag später zusammen mit ihrer Freundin Gretel. Die beiden wollten sich Kittelschürzen mitbestellen. – Es dauerte und dauerte – Wochen vergingen. Dann kamen die Sachen an. Hatte Tante sich verschrieben? Die Hose kam in der Größe 46. Hergeben wollte ich sie aber nicht. Man konnte sie am Bund mehrere Male umschlagen und dann mit einem breiten Gürtel zusammenziehen. Sie war zwar nicht ¾-lang, sondern lang, aber sie hatte immerhin den von mir so geliebten karierten Umschlag. Meine Oma war gegen diese Hose gewesen. Sie fand sie „unanständig". Mit der Zeit, als viele Mädchen Hosen trugen, gewöhnte sie sich an den Anblick.

Die Zirkusprinzessinnen

Wir strahlten und rutschten zusammen, wenn die Schulkinder aus Zeilbach und Klein-Felda in unser Schulzimmer stürmten. Das war ein Zeichen dafür, dass eine Filmvorführung anstand. Ein Herr von der Kreisbildstelle baute auch schon seine Geräte auf, die Vorhänge wurden zugezogen und es konnte losgehen.

Heute sahen wir uns einen Film über einen Zirkus an. Interessant! Zirkuswagen – der Aufbau – die Tiere – die Dressur – die Vorbereitungen – die Manege und dann die Vorstellung. Alles war gut, aber hingerissen waren wir von der Seiltänzerin. Leicht wie eine Feder in einem glitzernden Kostüm zeigte sie ihre Kunststücke hoch oben in der Luft. Noch nie hatte ich so etwas Anmutiges und Bezauberndes gesehen. Die anderen Darbietungen der Zirkusakrobaten waren auch sehenswert, aber die Zirkusprinzessin war der absolute Höhepunkt des Films.

Lange Zeit danach, als der Film längst vorüber war und sich der Schultag dem Ende zuneigte, konnte ich erst wieder sprechen. Ich hatte eine Art Hochgefühl in mir, das ich durch das Öffnen des Mundes nicht zerstören wollte. Irgendjemand fing aber dann doch an zu sprechen. Entweder meine Freundin Annemarie oder ich. In völliger Harmonie waren wir fest entschlossen, nach unserer Schulzeit zum Zirkus zu gehen, um Seiltänzerinnen zu werden. Das teilten wir uns gegenseitig mit. Wir würden die Welt erobern. Fremde Städte und Länder würden wir bereisen. Wir seien noch jung. Wir schafften es. Natürlich ohne Fleiß kein Preis. Wir würden täglich üben müssen, denn der Erfolg würde uns nicht in den Schoß fallen. Am besten fingen wir gleich heute Nachmittag an. Schnell die Hausaufgaben. Heute waren sie nicht so wichtig, denn wir hatten ja ganz was anderes vor.

Annemaries Eltern hatten einen Bauernhof in Schellnhausen. Dort trafen wir uns und Annemaries Mutter schmierte uns zunächst eine „Bemme". So nannte sie die Brote mit Butter und Apfelmus. Das schmeckte ganz wunderbar und löschte den Durst. „Ihr braucht Kraft", meinte sie und da hatte sie bestimmt recht. Nun konnte es losgehen. Da es regnete, gingen wir in die Scheune. Dort spannten wir ein Seil dicht über dem Boden, und nun kam der schwerste Teil. Ein Mädchen auf das Seil und das andere hielt die Hand, aber da riss auch schon das Seil. Das Spannen des Seils, das eigentlich nur eine Kordel war, wurde nun das große Problem. Dann hatten wir endlich eine geeignete Stelle gefunden und banden das Seil fest, aber nun merkten wir, dass gerade hier Annemaries Vater und der Bruder vorbeimussten, wenn sie in den Stall wollten. Keine zwei Schritte hatten wir erfolgreich auf dem Seil geschafft. Unsere Schuhe waren schuld und wir probierten jetzt barfuß und das ging überhaupt nicht. Ich weihte Wolfgang, Annemaries Bruder, in das große Geheimnis „Seiltänzerin" ein, aber er tippte nur mit dem Zeigefinger an seine Stirn. Spott und Hohn ernteten wir. Alles hatten wir uns ganz anders vorgestellt. Es war doch sehr schwer. Der Film hatte uns in einen Begeisterungsrausch versetzt, der sehr bald wieder verflog.

Eine zweite Übungsstunde gab es nicht. Wir begnügten uns nun mit dem guten alten Versteckspielen, das auch Annemaries Bruder gefiel.

Unsere Schule

Die alte Schule, in die ich acht Jahre ging, gibt es leider nicht mehr. In meiner Erinnerung sehe ich sie noch genau vor mir. Sie ist dann noch gut erhalten und steht gegenüber der Kirche. Zwei Seiten des Gebäudes hatten Fenster. Das Klassenzimmer war schön hell. Im Sommer standen Blumen auf den Fensterbänken, meist in Weiß mit Rosa. Gleich beim Eingang neben der Tür stand der Ofen. Jeden Morgen, bevor wir Kinder kamen, entfachte die Schuldienerin das Feuer. Sie war Witwe, denn ihr Mann war im Krieg gefallen. Wenn es sehr kalt war, gingen wir nicht gleich zu unseren Plätzen, sondern wärmten uns zuerst beim Ofen die Hände. Die Jacken hingen im Eingangsbereich, der auch der Durchgang zum Sportplatz war und zu drei kleinen weiteren Räumen führte, nämlich zu den Toiletten und dem Raum für die Landkarten und Sportgeräte. Eine Landkarte, und zwar die Deutschlandkarte, hing das ganze Jahr über im Klassenraum, und wenn man seine Aufgabe gelöst hatte, konnte man sich in aller Ruhe die Städte und Flüsse einprägen. In der Nähe des Ofens war der Tisch des Lehrers und gleich neben der Eingangstür stand ein schwarzes Klavier. So ziemlich in der Mitte stand die schwarze Tafel. Wenn eine Seite beschrieben war, konnte sie umgeklappt werden.

Einmal war es sehr kalt und die Türklinke war mit Eis überzogen. Ein Junge fragte, ob sich jemand traue, die Zunge an die Klinke zu halten. „Machs doch selbst, machs vor, dann machen wir es nach. Wenn du es nicht machst, dann bist du ein Feigling." Er traute sich und die Zunge klebte sofort am Drücker fest. Er autschte, als er sie mit Mühe wieder losriss. Er war kein Feigling gewesen. Nach und nach probierten wir es alle. Es tat weh, aber niemand wollte ein Feigling sein.

Das Holz für die Feuerung wurde auf dem Schulhof gespaltet und getrocknet. Dann bildeten wir Schulkinder eine Reihe und so wanderte das Holz in den Keller neben dem Raum für die Feuerwehr. Jeweils zwei Holzstückchen wurden weitergereicht und für uns Kinder war das ein Spaß und auf jeden Fall besser als Unterricht.

Wer damals die Idee hatte, weiß ich nicht mehr, aber begeistert waren wir alle. Es war ein wunderschöner Sommermorgen, als wir folgenden Spruch an die Tafel schrieben:
„Der Himmel ist blau, das Wetter ist schön, Herr Lehrer, wir wollen spazieren gehen!"

Der Lehrer kam, wir standen ganz still, hielten die Luft an und dachten, dass er die Tafel abwischen und zum Alltag übergehen würde. Nein, er wischte nur das Wort „wollen" weg und fragte uns, wie es besser klingen könnte. Wir einigten uns auf „möchten". Ja, er fand die Idee sehr gut und schlug einen bestimmten Tag vor. Ein Wandertag, schon bald! Wir jubelten. Unsere Wanderung führte nach Hainbach. Es war ein heißer Tag und mitten im Ort im Hof eines großen Bauernhofes war ein Brunnen. Dort konnten wir unseren Durst löschen. Früher hatte man wohl für unterwegs ein Frühstück mit, aber es bestand lediglich aus Brot. Wir tranken damals auf dem Schulhof aus der Wasserleitung. Eigentlich tranken wir viel weniger als heute.

Der Schulhof wurde in der kleinen Pause benutzt. Das hinterste Eck des Hofes konnte man vom Eingangsbereich nicht einsehen. Das war unser Bereich zum Verstecken und Tuscheln. Die große Pause verbrachten wir auf dem Sportplatz, meist mit einem Völkerball-Spiel. Zwei Mannschaften wurden gewählt. Zuerst wurden die Kinder gewählt, die gut fangen und gut werfen konnten, dann der Rest zum Abwerfen.

Eine Glocke, die zu Beginn der Schulstunde erklingt, hatten wir nicht. Unser Lehrer klatschte in die Hände und das reichte. Außerdem waren die Kirchenglocke und die Kirchenuhr für uns ein guter Anhaltspunkt für Beginn und Ende einer Aktivität. Wir Kinder hatten noch keine Uhren. Unser Lehrer hatte natürlich eine, und die benutze er auch. Morgens wurde zuerst gebetet. Das Gebet war immer gleich, aber es wurde täglich von einem anderen Kind gesprochen. Nach dem Gebet sahen wir uns den Herrn Lehrer genau an. Wie würde der Tag verlaufen? Wie war er heute gelaunt? Wenn er einen bestimmten Anzug trug, den braunen, dann war er kritischer als sonst. Dann sollte man sich besser zusammenreißen. Manchmal war er auch heiter und gelassen und sagte: „Hallo, mein Bruder Seltenfröhlich, was schreibst du denn da?" Manchmal ärgerte er sich, wenn wir bestimmte Dinge nicht kapieren wollten, und manchmal lachte er nur darüber. Er war halt ein Mensch.

Der aufdringliche Vertreter

Als wir uns für eine weiterführende Schule für mich entschieden hatten, besuchte uns ein Vertreter für Schreibmaschinen. Eigentlich bestimmte der Herr vom Jugendamt, dass ich zur Handelsschule gehen sollte. Ich wollte eigentlich Kindergärtnerin werden, weil meine Freundin auch diese Laufbahn gewählt hatte und ich ihr nacheiferte. Nach reiflichen Überredungskünsten war es dann so, dass ich das mit der Schule in Gießen auch wollte. Der Vertreter hatte unsere Adresse vom Lehrer und er stellte uns eine Kofferschreibmaschine vor. Wir sollten sie in Raten abbezahlen und das Jugendamt gab eine Beihilfe. Ein ganzes Jahr würden wir abbezahlen müssen.

Ich freute mich schon auf das Schreiben mit der Maschine und setzte mich gleich dazu. Der Vertreter zeigte mir, wie ein Papier eingespannt wurde. Wenn man auf eine Taste drückte, auf der ein Buchstabe abgebildet war, schwang ein Hebel hoch zum Blatt und hinterließ einen Abdruck. Das Farbband dazwischen machte den Buchstaben sichtbar. Wenn eine Reihe bedruckt war, griff man zu einem Hebel, und der Wagen (so hieß das Teil der Maschine) gelangte in die Ausgangsposition, aber eine Zeile tiefer. Toll. Er zeigte mir, welche Positionen meine verschiedenen Körperteile beim Maschinenschreiben einzunehmen hatten, und drückte an mir herum, was mir sehr unangenehm war.

Als alles Wesentliche zum Kauf der Maschine besprochen war, fragte er mich, ob ich ihn nicht zu meiner Freundin nach Schellnhausen begleiten könnte, denn er wüsste den Weg nicht genau. Irgendwo läutete bei mir eine Alarmglocke, aber ich wusste nicht warum. Der Mann war mir unsympathisch und ich sagte, dass ich nicht mitfahren würde. Meine Großmutter fand den Herrn sehr nett. Sie sagte: „Ja, sie fährt mit, denn sie fährt ja gern im Auto." Jetzt ging ich halt mit und verdrängte die Alarmglocke. Auf dem Weg zum Auto sagte er, dass ich ihn Alfred nennen solle. Das kam für mich nicht infrage, denn ich kannte ihn ja nicht und er war auch schon „alt".

Nun fuhren wir aus dem Dorf hinaus, doch auf halber Strecke nach Schellnhausen bog er links ab und fuhr in den Wald hinein. „Falsch", rief ich, „wir müssen doch geradeaus!" Er hielt an und versuchte, mich an sich zu drücken. Er redete ganz viele dumme Sachen und schlug mir vor, mich mit in seinen Heimatort zu nehmen. Als ich mich wehrte, wurde er richtig handgreiflich. Seine Hände waren überall und ich hatte große Mühe, ihn abzuwehren. Schreien hätte nichts genutzt. Das wusste ich wohl, denn es war ja niemand in der Nähe. Ganz wenige Haare hatte er, er schwitzte und hatte zehn Hände. Ich hatte nur zwei. Wir kämpften so eine Weile miteinander. Dann konzentrierte ich mich auf den Türgriff und in einem günstigen Moment griff ich danach. Die Tür ging auf, und als ich mit einem Fuß den Waldboden berührt hatte, war ich auch schon draußen. Ich rannte in den Wald hinein. Hier kannte ich jeden Meter. Ich lief bis zum Steinlug und Schritt für Schritt fiel meine Aufregung von mir ab. Als ich das kleine Wäldchen und die schöne Steinbank sah, war mir klar, dass er mir nicht mehr nachkommen konnte. Ich war in Sicherheit.

Ich ging heim, aber ich erzählte meiner Oma nichts. Was ich auch gesagt hätte, sie hätte fürchterlich mit mir geschimpft. Mit niemandem sprach ich darüber und rührte auch die Schreibmaschine einige Wochen nicht an.

Am nächsten Tag sah ich das Auto des Vertreters im Dorf. Ich lief nach Hause und versteckte mich im Schuppen. Meine Oma nannte ihn „Holzschoppen". Dort blieb ich lange. Als ich in unsere Wohnung kam, sagte meine Großmutter, dass der nette Schreibmaschinenverkäufer nach mir gefragt habe. Er hätte mich wieder mit nach Schellnhausen nehmen wollen. So, er hatte es wieder versucht. Normalerweise hätte er meiner Großmutter nicht unter die Augen treten können. Woher wusste er, dass ich meiner Oma nichts erzählt hatte? Diese Frage beschäftigte mich viele Jahre, aber ich konnte nicht darüber sprechen.

Dann irgendwann – 40 Jahre später – erzählte ich diese Sache bei einem Kaffeekränzchen und wunderte mich plötzlich über mich selbst, dass ich so lange nicht und plötzlich so locker darüber reden konnte.

Vornehm schwatze

Renate war die älteste Tochter im bäuerlichen Haushalt und verbrachte viel Zeit bei meiner Großmutter und mir. Wir wohnten ja nur eine Treppe höher. Wenn ich mit den Schulaufgaben beschäftigt war, saß sie dabei und malte. Sie freute sich schon sehr auf die Schule und fragte immer wieder, wann es endlich so weit sei.

Meiner Großmutter schaute sie gern zu, besonders, wenn sie eine unserer Mühlen bediente. Wir hatten davon mehrere, so z. B. die Kaffeemühle. Die Kaffeebohnen wurden hineingeschüttet und man hielt sie mit den Knien fest. Dann wurde an einer Kurbel gedreht und das gemahlene Kaffeepulver fiel in eine Schublade, die man herausziehen konnte. Dann hatten wir noch die Fleischmühle. Alles, was z. B. beim Schnitzelfleisch nicht recht passte – meine Oma nannte das „Schlunzen" –, kam in die Fleischmühle, und daraus entstand Hackfleisch bzw. Faschiertes. Zum Schluss kam ein Stück trockenes Weißbrot in die Mühle und so war das Gerät fast sauber. Das Weißbrot kam dann zum Fleisch. Vor Weihnachten wurde ein Zusatzgerät für Spritzgebäck an die Fleischmühle geschraubt und so wurde Spritzgebackenes hergestellt.

Eine Semmelmühle hatten wir auch. Diese kam sehr oft zum Einsatz, denn es gab fast jeden Tag ein Gericht, bei dem Semmelbrösel gebraucht wurden. Eine Mohnmühle hatten wir ebenfalls. Meine Oma erzählte uns, dass in ihrer Heimat die Tagelöhner Mohnschnuller für ihre Kinder hergestellt hätten. Der Mohn wurde gemahlen und in ein Leinensäckchen gebunden. Die Säuglinge bekamen ihn in den Mund und schliefen so den ganzen Tag, während die Eltern auf dem Feld arbeiteten. Oft wurde allerdings die geistige Entwicklung der armen Kinder dadurch gestört. Das war eine traurige Geschichte. Renate hätte gern einmal an der Kurbel der Mohnmühle gedreht, aber meine Großmutter hatte Angst, dass sie sich verletzte.

Manchmal spielten wir auch mit den Karten. Renate war drei Jahre jünger als ich, aber sie begriff die Spielregeln sofort und war an allem sehr interessiert. Oft gingen wir die Straße entlang und sammelten Zigarettenschachteln, die jemand weggeworfen hatte. Vorder- und Rückseite der leeren Packungen konnte man ausschneiden und so entstand nach und nach ein Kartenspiel. Oft waren die Schachteln aber nicht mehr zu gebrauchen. Meist fanden wir Schachteln der Marke Zuban oder Overstolz.

Meine Oma und ich sprachen mit Renate Hochdeutsch. Zu Hause mit der Mutter und der Großmutter sprach sie oberhessisches Platt. Einmal war Renates Onkel Ernst zu Besuch und unterhielt sich mit ihr. Er wunderte sich sehr über ihre Aussprache und fragte sie, wie das komme, dass sie so gut Hochdeutsch spreche. Renate zeigte auf die Treppe zu uns hoch und sagte: „Da oben, da muss ich vornehm schwatze!"

Der Mann aus Paris

Irgendwann stand es fest. Ich würde die Handelsschule besuchen, und zwar in Gießen. Der Herr vom Jugendamt meinte, dass das für mich wichtig sei. Also gut. Ich wurde angemeldet und dann zur „Aufnahmeprüfung" eingeladen. Mein Bus fuhr morgens um 6 Uhr im Dorf ab und um 7 Uhr waren wir in Gießen. Nun blieb ich noch eine Weile im Bahnhofsgebäude und dann so gegen halb acht trabte ich zur Schule.

Jede Menge Schüler standen vor dem Tor und dann kam die Einteilung. Ich hörte meinen Namen und alles war aufregend. Vor mir saßen zwei Mädchen, die schon älter waren, vielleicht 16 oder 17. Die Aufgaben waren nicht besonders schwer. Der Bundeskanzler? Er hieß Adenauer. Das hatten wir oft in der Schule besprochen. Auch die Erdkundefragen und Naturlehresachen waren zu bewältigen. Beim Diktat hatte ich kein so gutes Gefühl, aber das hatte ich meistens nicht. Die Rechenaufgaben waren für mich immer zu schwer.

Um 11 Uhr waren wir schon fertig. Ich hörte die beiden Mädchen vor mir sprechen, dass sie noch Zeit hätten, durch die Stadt zu gehen. Das hatte ich ja auch. Mein Bus fuhr ja erst am Abend um 18 Uhr wieder nach Hause. Ich hatte noch sieben Stunden Zeit. „Wenn ihr nichts dagegen habt, begleite ich euch in die Stadt, denn ich habe auch Zeit", sagte ich. Die Stadt war mir noch recht fremd. Ja, wir gingen zusammen. Sie gingen vor mir und lachten und kicherten und es fiel das Wort „Pariser". Wir waren doch hier in Gießen. Gab es hier Leute aus Paris? Ich fragte die Mädchen, wo denn der „Pariser" sei. Ich war schon neugierig, wie jemand aus Frankreich aussah. Ich wollte ihn nicht verpassen. Sie schrien: „Sei ruhig, nicht so laut!" Dann lachten sie wieder und gingen schneller. Ich verstand nicht, was sie auf einmal hatten, und rief ihnen nach: „Sagt mir doch, wo der Pariser ist?" Einige Leute drehten sich nach mir um und ich war verwirrt. Da waren die beiden Mädchen weg und ich dachte, dass ich doch recht dumm sei. Die beiden haben hier den Pariser entdeckt und ich kriege nichts mit. Wie wird das mit der Aufnahmeprüfung gewesen sein? Sicher bin ich durchgefallen. Viel zu dumm bin ich für die Schule in Gießen. Nun hatte ich noch sechs Stunden Zeit, über mein Versagen nachzudenken, und dann kam endlich der Bus.

Nach ein paar Tagen kam ein Brief. Ich hatte die Aufnahmeprüfung bestanden. Unser Lehrer sagte, dass er nichts anderes erwartet habe. Er freute sich. Ich freute mich natürlich auch. Die beiden Mädchen habe ich später dann nie mehr gesehen. Vielleicht hatten sie die Aufnahmeprüfung nicht bestanden? Das konnte eigentlich nicht sein. Sie wussten doch vor einiger Zeit schon so gut über Paris Bescheid.

Die Wartezeiten

Morgens um 6 Uhr fuhr mein Bus nach Gießen. Es war der Arbeiterbus. Einen Schulbus nach Gießen gab es nicht, denn ich war die einzige Schülerin, die nach Gießen fuhr. Meist waren die Männer, die mitfuhren, beim „Amerikaner" beschäftigt. Hin und wieder fuhren auch Leute mit, die dann mit dem Zug weiterfahren wollten. Um 7 Uhr war ich schon am Bahnhof. Wenn ich Glück hatte, bekam ich noch einen Sitzplatz im Warteraum, aber oft waren dort alle Plätze belegt. Wenn jemand etwas Geld hatte, konnte er im Gaststättenbereich warten. Er bestellte sich dann etwas und hatte freie Platzauswahl. Leider hatten viele Leute kein Geld, sich täglich etwas zum Trinken zu kaufen, und so war dieser Wartebereich, bei dem man nichts zu bestellen brauchte, überfüllt. Der Gaststättenbereich war zehnmal so groß und völlig menschenleer. Alle Leute drängelten sich in dem kleinen Bereich, in dem man umsonst stehen oder sitzen durfte.

Ich ging allerdings schon immer recht bald in Richtung Schule, denn auch andere Schulkameraden kamen etwas früher, und so konnten wir schon im Eingangsbereich warten und auch auf der Treppe sitzen.

Schlimm war allerdings die Zeit zwischen 13 und 18 Uhr. Die Schule war aus, aber mein Bus nach Hause fuhr erst am Abend. Die Schultasche war schwer und die Stunden wollten nicht vergehen. Ich überlegte mir beim Durchstreifen der Stadt die Hausaufgaben. Was ich zuerst machen würde, wenn ich nach Hause käme. Was ich vielleicht schon im Bus durcharbeiten könnte usw. An Regentagen war die Warterei besonders schlimm, denn die Schuhe waren nass und jeder Schritt war zu viel. Bei schlechtem Wetter ging ich zunächst ins Kaufhaus Karstadt und durchstreifte alle Abteilungen. Später ging ich im Kaufhaus Kerber einher, denn es lag schon näher am Stadttheater. Eine

Stunde, bevor der Bus fuhr, war ich schon immer bereit. Allerdings hatten die Haltestellen damals keine Überdachung. Gegenüber dem Theater war die Bushaltestelle. Dahinter befand sich eine Ruine. Die Stadt Gießen war damals noch voller Ruinen. In bestimmten abgelegeneren Straßen in der Nähe des Bahnhofs gingen Treppen in den Keller und ein Ofenrohr ragte aus dem Boden. Die Leute wohnten im Keller.

Um 7 Uhr war ich dann endlich zu Hause und fix und fertig. Manchmal war es schon dunkel. Meine Oma wärmte mir das Essen auf und beim Essen war ich schon sehr müde. Dann kamen die Hausaufgaben. Was ich am Nachmittag noch als recht einfach empfunden hatte, wurde am Abend zum Alptraum. Dann noch die Übungen mit der Schreibmaschine. Die schulischen Dinge bewältigte ich. Das war kein Problem, aber körperlich schaffte ich es nicht. Irgendwann konnte ich nicht mehr. Ich schlief schon beim Essen ein und die Hausaufgaben blieben liegen. Ich wachte morgens auf und war schon todmüde. Jeden Tag stundenlange Märsche durch die Stadt. Das war nicht zu bewältigen.

Meine Tante fuhr zum Jugendamt und schilderte meine Lage. Ich hatte Glück. Es wurde mir ein Zimmer in Gießen finanziert. Nun ging es mit mir bergauf.

Bei der Wirtin

Ich hatte ein kleines Zimmer im Kliniksviertel in Gießen. Meine Wirtin beobachtete mich, als ich den Schrank einräumte, und danach sagte sie, dass ich ein ordentliches Mädchen sei. Das hatte noch nie jemand mitbekommen. Ich war glücklich. Das Bad war gleich gegenüber meinem Zimmer und ich fand alles darin überwältigend. Es war für mich „Luxus pur". Ich war das Klohäuschen auf dem Hof gewohnt und die Waschschüssel, den Wassereimer und den Schmutzeimer. Wenn ich aus der Schule kam, hatte sie für mich das Mittagessen auf dem Tisch. Wir aßen immer mit Messer und Gabel. Sie aß mit mir und dann fragte sie mich, was ich gerne auf dem Schulbrot hätte. „Kartoffelwurst hätte ich gerne", sagte ich und siehe da, am nächsten Tag hatte ich Mettwurst auf dem Brot. Das war eine ähnliche Wurst und wunderbar. Zu Hause hatte ich immer Käse auf dem Brot. Ihr Mann aß am liebsten Milchsuppe, und zwar morgens, mittags und am Abend. Am Sonntag gab es Hasenbraten, denn sie hatte ganz hinten im Garten einen Hasenstall, und manchmal trug ich die Salat- und Gemüseabfälle zu den Häschen. Sie versicherte mir, dass ihre Hasen nicht geschlachtet wurden, und ich glaubte ihr alles.

Wenn ich zum Wochenende bei ihr in Gießen bleiben wollte, freute sie sich. Ihr Mann war Fernfahrer und ihre Kinder waren schon erwachsen. Mit ihrem Sohn stritt sie hin und wieder. Er hatte einen alten „Borgward" und überlegte, ihn in Orange zu spritzen. Meine Wirtin war für Dunkelblau. Ich meinte, dass auch Türkis sehr hübsch aussehe. Er wählte Orange. Die Wirtin war aus Frankfurt und liebte Ausflüge in die Natur. Früher war sie immer auf dem „Wäldchestag" gewesen. – So fuhren wir am Sonntag mit Kaffee und Kuchen in den Wald, meist auf einen der nahe gelegenen „Berge", setzten uns auf eine Decke und tranken Kaffee. Oft erzählte sie mir, dass sie sich freue, weil sie nun bald 50 werde. Sie werde dann einem Verein beitreten, der „die Fünfziger" – in ihrem Dialekt: „die Fufzichä" – heiße, und dann habe sie endlich wieder mehr Zerstreuung. Ich dachte mir, dass sie als ältere Frau doch wirklich zu Hause bleiben könne und keine Veranstaltungen mehr brauche. Ihren Kuchen nannte sie „Rodonkuche". Meine Oma hätte ihn „Kugelhupf" genannt. Er schmeckte sehr gut, denn sie tat damals schon gute Butter in den Kuchenteig.

Einmal war ihre Schwester aus Amerika da. Sie hatte die gemeinsame Mutter in Frankfurt besucht und war für eine Woche in Gießen bei uns. Sie fuhr dann auch am Sonntag mit auf den Gleiberg zum Kaffeetrinken. Zu mir sagte sie „arm Medscher", denn sie vergaß immer meinen Namen. Wenn sie sich mit meiner Wirtin unterhielt, dann sprachen die beiden „Frankforderisch". Das gefiel mir sehr gut. Ich hatte meinen größten Spaß, wenn meine Wirtin sich mit ihr unterhielt. Dass sie mich „armes Mädchen" nannte (das sollte „arm Medscher" heißen), gefiel mir nicht. Ich war doch wirklich nicht arm. Was sollte mir denn fehlen? Gut, ich war vielleicht nicht gerade reich, aber wer war schon reich? Ich kannte die „Reichen" nur aus Geschichten. Selbst hätte ich mich als „gut situiert" bezeichnet.

Zum Abschied schenkte sie mir ein Armband mit vielen kleinen Anhängern. Es hieß damals „Bettelarmband". Ich bedankte mich höflich, aber ich nahm es nicht um. Am nächsten Tag ließ ich es in der Mädchentoilette der Schule liegen, denn ich war ja kein armes Mädchen.

Ich weiß auch noch, was das Zimmer mit Verpflegung und Familienanschluss damals gekostet hat: 80 DM – nicht am Tag, sondern im Monat!

Der Schmuck

Mein erstes Schmuckstück bekam ich zur Firmung. Tante Ritschi (sie hieß eigentlich Marie) war meine Firmpatin. Sie war die jüngste Schwester meiner Oma und die beiden sahen sich sehr ähnlich. Die Firmung fand in der damaligen Kreisstadt Alsfeld statt. Wir fuhren in einem Bus bis zur Kirche und dann war Tumult und irgendwie verloren wir uns aus den Augen. Ich suchte Großtante Ritschi und rief immer wieder laut nach ihr, bis ich ermahnt wurde, bei den anderen Kindern und ruhig zu bleiben. Wo war sie? Sicher hatte sie sich verlaufen. Dann fing der Gottesdienst an und ich war am Verzweifeln. Der Bischof stand schon vor mir und wollte mir die Hand auflegen, aber von Tante Ritschi war nichts zu sehen. Ich wollte sie suchen gehen, aber das sollte ich nicht, weil ich sonst die ganze Zeremonie gestört hätte. So ließ er mich aus und ganz zum Schluss hatte Tante Ritschi mich erreicht. Später erzählte sie mir, dass plötzlich alle Kinder gleich ausgesehen hätten, und so gut kannte sie mich ja auch nicht. Sie legte ihre Hand auf meine Schulter und es klappte mit der Firmung.

Dann am Nachmittag bekam ich von ihr ein Goldkettchen mit einem kleinen Kreuz. Ich durfte es gleich umlegen und so ging ich dann später auch raus zum Spielen. Da das Kettchen aber ganz dünn war, muss es irgendwie zerrissen sein und war weg. Das Kreuzchen auch. Es war ein Drama und prägte mein Verhältnis zu Schmuck.

Meine Großmutter hatte im Sudetenland den Familienschmuck in einem Topf im Garten vergraben. Ganz besonders schön seien Ohrringe und eine Halskette gewesen. Der Schmuck war mit kleinen blauen Steinen, die aussahen wie Vergissmeinnicht, versehen. Irgendwann in der Nacht habe sie ihn vergraben, als sie schon wusste, dass sie die Heimat verlassen musste. Ein kleiner Teil Granatschmuck, den sie damals auf dem Transport dabei hatte, wurde ihr weggenommen, und sie erzählte immer wieder, wie froh sie sei, dass die ganzen Sachen vergraben seien. Sie hoffte ja immer, bald wieder in ihre Heimat zurückzukehren. Leider war ihr das nicht vergönnt und wer weiß, ob der Topf mit dem Schmuck irgendwann ausgegraben wurde.

In der Zeit nach dem Krieg hatten die Leute wenig Schmuck. Es war zwar hin und wieder bei uns Kindern die Rede davon, dass jemand eine „Perlekett" hätte, aber wer das sein sollte, wusste ich nicht. Meine Großmutter hatte eine Brosche, die wie eine Schleife aus Gold aussah, aber nicht aus Gold war. Damit wurde der Ausschnitt einer Bluse oder eines Kleides verkleinert. Sie trug auch ihren breiten Ehering immer am Finger. Ohrringe oder Armreifen hatte sie keine. Manche Kinder bekamen damals Ohrringe aus gesundheitlichen Gründen. Das sei gut für die Augen? Ich war froh, dass ich so gut sehen konnte und keine Ohrringe brauchte. Meist wurden die Löcher in Alsfeld beim Juwelier gestochen und die kleinen Ohrringe wurden gleich eingehängt. Manchmal eiterten die Ohren und die Ohrringe mussten wieder entfernt werden. Besonders geschickte Leute stachen die Löcher selbst in das Ohrläppchen mit Hilfe von Kartoffelscheiben und einer Nadel.

Für mich hat Schmuck keinen besonderen Reiz, aber normal ist das nicht.

Der Halter

Mit „Halter" meinte meine Großmutter den Büstenhalter. Das Wort „Büste" oder „Busen" erwähnte sie nicht, da es für sie zu obszön klang. Alle wussten aber, was mit Halter gemeint war. Sie trug ihn auf ihrem Hemd. Er war aus Atlasseide und erzeugte auf ihrem Hemd ein großes „Gewurstel", was durch das Unterkleid, das dick und fest war, wieder einigermaßen ausgeglichen wurde. Früher trug auch meine Tante den BH auf dem Hemd und ich glaube aus wärmetechnischen Gründen.

Als ich 14 Jahre alt war, bekam ich eine Dauerwelle, einen Strumpfgürtel und einen Büstenhalter. Damit war man „erwachsen". So richtig erwachsen erst nach der Schulentlassung, aber wenn man mit diesen drei Dingen aufwarten konnte, war man auf dem besten Weg. So brachte meine Tante auch mir eines Tages einen Büstenhalter mit. Ich probierte ihn ohne Hemd an und er war mir viel zu groß. Vom Umfang her konnte man ihn verstellen, aber die Körbchen waren in keinster Weise passend. Er war rosa und die Körbchen waren ganz fest und gesteppt. Es waren auch keine richtigen Körbchen, sondern eher Tüten. Ich hatte einen Minibusen, aber bei mir wurde immer alles so gekauft, dass es recht lange passte. So war das auch mit dem neuen Büstenhalter.

Gut, ich probierte den Alltag mit ihm. Ich hatte das Gefühl, als ob ich etwas aus Luft vor mir hertragen würde. Den ganzen lieben langen Tag lang passierte es, dass ich mit meinem Oberkörper irgendwo anstieß, und dann hatte ich vorne zwei Beulen, denn die steifen Teile klappten nach innen. Laufend musste ich mir in den Ausschnitt greifen und wieder ausbeulen, damit ich wieder in Fasson kam. Ach, war das lästig. Einen formvollendeten Busen zu haben, ist eine anstrengende Sache. Dauernd runterzuschauen, ob alles noch richtig war, das war mir bald leid. Ich ging wieder ohne Büstenhalter. Ich machte zwar nicht viel her, aber so war es mir bedeutend angenehmer.

Viele Jahre später, als ich mit meiner Tochter und einer Freundin einen Wochenendurlaub verbrachte, bekam ich von diesen beiden Damen einen Büstenhalter aufgezwungen. Damals war ich 55 Jahre. Plötzlich hatte ich Gefallen daran. Er passte ohne Ausbeulungsmanöver, und nun trage ich zu besonderen Gelegenheiten einen „Halter". Aber hallo!

Die Laufmaschen

Die Aufmachung war eigentlich bei allen Mädchen ziemlich gleich: enge Bluse, breiter Gürtel, Rock mit Petticoat, Seidenstrümpfe und Stöckelschuhe. So waren wir schick. Das geringste Problem hatte ich mit der Bluse und dem Gürtel, aber dann fing es schon an. Der Rock stand nicht richtig. Meine Oma sollte immer mehr Stärke verwenden. „Der Reifrock steht wie ein Brett", sagte sie, „aber dir ist nichts recht."

Das nächste Problem waren die Pfennigabsätze. Meine ersten Schuhe mit Absätzen schenkte mir meine Mutter, als ich sie einmal besuchte. Ich konnte sehr gut darin gehen. Sie waren für mich wie geschaffen, aber meine Oma sagte immer: „Du wirst dir die Haxen verdrehn." Sie konnte sich nicht vorstellen, wie man auf spitzen Absätzen ohne Probleme vorwärts kam. Leider ging ich so komisch, dass immer gleich die Absätze kaputt waren. Sie wurden vom Schuster geklebt und die Schönheit war schnell vorbei.

Ein nie enden wollendes weiteres Problem waren die Strümpfe. Einwandfreie Strümpfe ohne Laufmaschen zu haben, war schon eine Kunst für sich. Oberhalb des Knies war die Laufmasche kein Problem, denn sie wurde sofort mit Nagellack geklebt und traute sich nicht weiterzulaufen. War die Laufmasche im Bereich des Fußes, konnte man manchmal die Strümpfe beim Anziehen so geschickt drehen, dass der Schuh die Laufmasche verdeckte, und wenn man Glück hatte, auch noch den Nagellackfleck.
Manchmal hatte ich kein Geld für Strümpfe und wollte auch nicht mit Laufmaschen herumrennen. Ein Mädchen mit Laufmaschen? Die war auch sonst nichts wert. Solche Mädchen wirkten schlampig und man traute ihnen alles zu. Da blieb mir nichts anderes übrig, als ohne Strümpfe zu gehen, und das war oft sehr kühl an den Beinen.

Ich kann mich noch gut an das Gefühl erinnern, dass eine Laufmasche sich ihren Weg das Bein entlang bahnte. Oh, das kitzelte. Dann musste man möglichst schnell und ohne viel Bewegung einen Ort aufsuchen, der es einem ermöglichte, die Masche mittels Uhu-Alleskleber zu stoppen.

Die Schiffschaukel

In meinen Kindertagen war der Ostermarkt im Nachbarort ein großes Ereignis. Für unsere damaligen Verhältnisse fand er auf einem großen Platz statt. Heute befindet sich an dieser Stelle eine Straßenkreuzung und kaum jemand kann sich vorstellen, wie es dort damals ausgesehen hat. Auch wenn der Missionsbus kam, wurde dieser Platz mitten in Groß-Felda genutzt. Dann fand dort ein Gottesdienst im Freien statt und es trafen sich riesige Menschenmengen.

Als ich elf Jahre alt war, besuchte ich mit einer Freundin diesen Markt. Kaufen konnten wir nichts, denn dazu fehlte das Geld, aber wir schauten uns alles an. Mich faszinierte die Schiffschaukel. Meine Großmutter nannte sie Luftschaukel. Meist waren es Jungs, die einstiegen. Die Schiffschaukel sah aus wie eine Reihe von kleinen Schiffchen bzw. Booten, die an Ketten hingen. Man stand in der Schaukel und durch Kniebeugen konnte man die Schaukel in Schwung bringen, wie eine normale Schaukel. Manche schaukelten so hoch, dass man sich vorstellen konnte, dass sie irgendwann kopfüber herausfielen. Wenn dieses waghalsige Manöver gegeben war und die Sache zu gefährlich wurde, dann konnten die Schaukeln mittels einer Vorrichtung von einem der Schausteller abgebremst werden.

Die Kinder in den Schaukeln jauchzten und schrien vor Vergnügen, und beim Zuschauen war ich auch begeistert und freute mich mit ihnen. Vielleicht wäre es schön, auch einmal zu schaukeln. Für das Kinderkarussell war ich natürlich zu groß, aber sicher war ich gerade richtig für die Schiffschaukel. Ich stand auf der Straßenseite am schmiedeeisernen Zaun, als mich jemand aufforderte, mit ihm in die Schaukel zu steigen. Es war ein Junge aus Nieder-Ohmen, den ich vom Zeltlager her kannte. Er hatte rote Haare und Sommersprossen. Ich weiß auch nicht, warum ich damals eingestiegen bin. Normalerweise war mir schon beim Zuschauen mulmig gewesen, und ich konnte nicht weiteratmen, als zwei Jungs so hoch waren, dass sie in der Luft standen. Da war ich aber auch schon in der Schaukel drin und zunächst war ich noch mutig und ging in die Knie, damit wir Schwung bekamen. „Es reicht", rief ich dann. „Nicht höher, ich habe Angst." Der Junge hörte nicht auf mich. Ich setzte mich hin und fing an zu schreien, aber die Schaukel flog immer höher. Er gab Gas und schaute mich böse an. Ich rutschte vor lauter Angst auf den Boden der Schaukel und da wurden wir Gott sei Dank gestoppt. Die Gondel wurde flacher und dann hatten wir wieder festen Boden unter den Füßen. „Blöde Kuh", sagte der Junge und ließ mich stehen.

Ja, ich war wirklich eine blöde Kuh. Warum habe ich mich denn zu ihm in die Schaukel gestellt? Ich hatte ihm durch mein Geschrei die Fahrt verdorben. Man hatte uns gestoppt, bevor wir richtig oben waren.

Auf dem Heimweg nach Ermenrod überlegte ich mir alles noch einmal und dachte, dass ich jetzt bald erwachsen werden würde, und ich nahm mir vor, künftig zuerst nachzudenken, bevor ich mich auf ein Abenteuer einließ. Leider blieb dies ein guter Vorsatz, denn es ist bis heute so, dass ich erst nachdenke, wenn es zu spät ist.

Schreck in der Abendstunde

Ich wohnte während meiner Handelsschulzeit in Gießen. In meinem kleinen Zimmer befand sich ein Klappbett, ein Tisch, ein Sessel und ein kleines Sofa. An der Wand hing ein großes Poster von Elvis und einige Bilder von Peter Kraus. – Von meinem ersten Geld, das ich verdienen würde, wollte ich mir einen Plattenspieler kaufen und ein paar Platten. Ich schwärmte von Peter Kraus.

Nach dem Abendessen hatte ich oft noch irgendwelche Sachen für die Schule zu erledigen. Bevor ich allerdings zu Bett ging, machte ich es mir zur Angewohnheit, im Schlafanzug noch eine Weile aus dem Fenster zu schauen und über die Stadt zu blicken. Das Licht im Zimmer löschte ich.

So saß ich eines Abends am Fenster und traute meinen Augen nicht. Ein paar Häuser weiter wurde ein Dachfenster geöffnet und ein Mann kletterte heraus, d. h. er wurde herausgeschubst von einer zweiten Gestalt, die hinter dem Mann auftauchte. Die erste Gestalt versuchte, sich festzukrallen, aber der danach aufgetauchte schubst ihn in die Tiefe. Mein Herz klopfte bis zum Hals. Ich hatte soeben einen Mord beobachtet. Aufgeregt lief ich zu meiner Wirtin und klopfte an die Schlafzimmertür. Sie stand sofort auf und warf ihren Bademantel, den sie Morgenmantel nannte, über. Mir gab sie ihre Kittelschürze, denn ich war im Nachthemd. Wir gingen sofort los. Ich konnte nicht mehr ganz genau sagen, welches Haus es war, aber wir gingen in die richtige Richtung. Alles war ganz ruhig. Sicher war der Herabgestürzte tot und der Mörder hatte sich aus dem Staub gemacht. Bei einem dunklen, schwarzen Mietshaus standen einige Leute. Meine Wirtin ging auf die Gruppe zu und erzählte, was ich beobachtet hätte und ob jemand etwas gehört habe. Es muss hier ganz in der Nähe gewesen sein. „Ja", sagte ein Mann, „sie haben richtig beobachtet. Hier wird gerade ein Film gedreht – ein Kriminalfilm".

Das war es also. Kein Mord. Ein Glück. Wir waren richtig erleichtert und gingen nach Hause, aber einschlafen konnten wir lange nicht.

Pauls Enttäuschung

Paul wohnte als Untermieter im Nachbarhaus. Er war Lehrer und hatte eine kleine Wohnung im ersten Stock. Seine Freundin Christiane arbeitete bei Karstadt in der Schmuckabteilung. Von Zeit zu Zeit wohnte sie bei Paul und er fuhr dann morgens nicht mit dem Rad zur Schule, sondern schob es und im linken Arm hielt er Christiane. Sie stritten allerdings oft und dann wohnte sie wieder bei ihren Eltern.

Einmal kam er rüber zu meiner Wirtin, die an allen Dingen in der Nachbarschaft großen Anteil nahm und klagte sein Leid. Wir waren gerade beim Essen und er sollte mitessen, aber er hatte keinen Hunger. Christiane war wieder einmal ausgezogen und Paul sagte: „Warum können wir nicht so harmonisch leben, wie meine Wirtsleute? Sie sind das ideale Paar, sie streiten nie." Meine Wirtin dachte ebenso. Sie sprach ihm Mut zu und schob alles auf das jugendliche Alter von ihm und seiner Freundin. Die Vermieter seien ja auch schon älter und hätten sich zusammengerauft.

Ein paar Tage später sagte er zu mir auf dem Schulweg, dass er bald wegzieht. Man habe ihm gekündigt – wegen Eigenbedarf. Ach, wie schade, sagte ich. Wir hatten uns immer von Fenster zu Fenster zugewinkt. Wer würde jetzt wohl dort einziehen? Was heißt eigentlich „Eigenbedarf"? Paul wusste es auch nicht. Meine Wirtin meinte, dass das mit Eigenbedarf nicht stimmen kann, denn der Sohn hatte selbst ein Haus und der Enkel war erst zwölf. Im Sommer saß er mit Oma und Opa in der Hollywoodschaukel und aß Schokolade.

Nun, die Sache klärte sich bald auf. Die beiden netten Nachbarn, die sich immer so gut verstanden hatten, wollten sich scheiden lassen. Sie brauchten getrennte Wohnungen. Meine Wirtin war erstaunt und wunderte sich tagelang. Ich fand es unmöglich, dass sich so alte Leute kurz vor ihrem Tod noch scheiden lassen. Warum hatten sie nicht früher gemerkt, dass sie nicht zusammenpassen.

Schlafe wohl

Hin und wieder übernachtete ich in meiner Handelsschulzeit bei meiner Mutter. Eines Morgens wachte ich auf und erschrak, weil es schon so hell war. Ich sprang aus dem Bett und rannte zur Uhr. Oh, ich hatte verschlafen. Heute in der ersten Stunde schreiben wir eine Arbeit in Buchführung, dachte ich sofort. Ich liebte Buchführung. Es machte mir Spaß die T-Konten aufzuzeichnen und dann bei Soll und Haben die Zahlen einzutragen. Dann die Buchhalternase und die Freude, wenn die Abschlussbilanz stimmte.

„Warum hast du mich nicht geweckt?" schimpfte ich mit meiner Mutter. Sie saß auf einem Stuhl neben meinem Bett. „Ich konnte nicht", sagte sie, „du hast so schön geschlafen." Das ist doch kein Grund mich nicht zu wecken, nur weil ich schön schlafe. Ich schlafe wahrscheinlich immer schön und dürfte nie geweckt werden. Von oben bis unten betrachtete ich meine Mutter und überlegte, ob bei ihr noch alles in Ordnung ist. „Sei mir nicht böse", sagte sie, „aber ich konnte nicht." Verstanden habe ich sie damals nicht, aber böse war ich auch nicht mit ihr. Dass mich jemand nicht wecken kann, nur weil ich daliege und schlafe. Das kann nur einer Mutter passieren und das verstand ich dann später auch, als ich selbst Kinder hatte.

Die Buchführungsarbeit hatten meine Mitschüler damals auch nicht geschrieben, denn die Lehrerin war an diesem Tag krank.

Schön ist die Jugend

Wenn bei uns im Dorf geheiratet wurde, dann war das eine hundertprozentige Sache. Man war dann ein Jahr verlobt und meist war ein Kind unterwegs. Die jungen Leute heirateten sehr früh. Die Braut war oft erst 18 Jahre alt. Fast immer lernten sie sich bei einer Kirmes kennen. Die Kirmes war für die Jugend ein ganz besonderer Höhepunkt des Jahres. Man bekam ein neues Kleid – das „Kirmeskleid"! Auch aus den Nachbarorten reisten junge Männer an, oft zu Fuß, mit dem Fahrrad oder Motorrad und hin und wieder sogar mit dem Auto des Vaters oder mit einem Freund. Die standesamtliche Trauung und die kirchliche Feier lagen dicht beieinander. Oft war es sogar so, dass am Vormittag die standesamtliche und am Nachmittag die Trauung in der Kirche stattfand. Das ganze Dorf nahm Anteil. Der Brautzug wurde im Hof aufgestellt und nun ging es in gemächlichem Schritt zur Kirche. Kleine Kinder streuten Blumen und die Braut trug ein langes, weißes Kleid mit Kranz und Schleier, im Arm ein großer Strauß mit Rosen als Zeichen der Liebe. Am Straßenrand und bei der Kirche standen die staunenden Dorfbewohner. Gefeiert wurde damals zu Hause. Die gute Stube wurde ausgeräumt und alle Nachbarn, die zwei Hände hatten, halfen. Viele Kuchen wurden gebacken und im Dorf verteilt. Die Aussteuer bestand aus vielen Handtüchern, Bettwäsche, Tischdecken und Goldrandgeschirr. Die Paten schenkten Silbergäbelchen und silberne Tortenschaufeln. Die Nachbarschaft brachte Tortenplatten.

Am Vorabend der Hochzeit, am Polterabend, traf sich die Dorfjugend vor dem Haus der Braut zu einem Ständchen. Scherben bringen Glück, sagte man damals schon und die Kaffeetassen mit dem Sprung und die Vase mit dem Loch wurden auf die Steintreppe geworfen. Danach kam das Lied: „Hoch im Vogelsberg steht ein Bauernhaus …" Dann kam der Brautvater und schenkte eine Runde Schnaps aus. Alle tranken aus einem Glas. Es wurde immer weiter gereicht. Es folgte ein weiteres Lied: „Schön ist die Jugend …"

Ich gehörte vom Alter her noch nicht zur „Jugend" und stand etwas abseits. Wir sagten damals „Auf der Platte", aber ich konnte alles beobachten. Die wunderschöne Braut hieß Liesel und ihr Mann war aus Stumpertenrod. Die Lieder kannte ich noch nicht, aber sie gefielen mir ausgesprochen gut. Ich tat so, als ob ich mitsingen würde und ich kam mir wie eine echte Vogelsbergerin vor. Das letzte Lied: „Schön ist die Jugend" verbreitete in mir eine eigenartige wehmütige Stimmung und auf dem Heimweg war mir ganz feierlich zumute. Eine Hochzeit, dachte ich, das ist der Höhepunkt des Lebens. Danach kommt nichts Aufregendes mehr.

Am nächsten Tag erzählte ich Wilma, einer Freundin, dass mir die Lieder so gut gefallen haben und ich würde bei der nächsten Hochzeit mitsingen. Wilma kannte sich sehr gut aus, wenn es um Hochzeiten, Verlobungen und Pärchen im Ort ging. Es gibt schon bald wieder eine Hochzeit, sagte sie und wenn du willst, kannst du die Sache beschleunigen. Wieso ich? Ja, du streust ein Pfädchen vom Haus der voraussichtlichen Braut zum Haus des Bräutigams. Die beiden treffen sich dann am nächsten Tag auf diesem Pfad und kommen so eher zusammen. Das leuchtete mir ein. Ich konnte quasi Schicksal spielen. Wilma brachte mir einen Topf mit Zwetschgensteinen und sagte, dass ich noch Sand dazugeben muss. Sand war bei jedem Haus in irgendeiner Ecke zu finden. Das war eine Kleinigkeit. Wilma versteckte sich und ich streute in der Dämmerung den Pfad auf der Straße. Ich fing bei einer Dame „Frieda" an und wollte bis zum Haus von „Hugo" streuen. Das war von Wilma so geplant. Die Zwetschgensteine waren spitz und meine Hand tat schon weh, aber ich wollte nicht zimperlich sein, zumal mich Wilma hinter der Hausecke beobachtete. – Da kam eine Frau und fragte mich, warum ich hier so einen Dreck mache. Sie war richtig ärgerlich und ich traute mich nicht, sie einzuweihen von wegen einer baldigen Hochzeit mit Gesang und so. Ich lief erst mal weg mit meinem Topf. Von Wilma war nichts mehr zu sehen. Die Frau lief hinter mir her und rief: „Das machst du wieder weg!" – Die Sache war misslungen. Ich lief nach Hause und suchte einen Besen, aber ich fand nur einen ganz stumpfen Reiserbesen, mit dem man eigentlich nicht mehr kehren konnte. Damit ging ich zu meinem Pfad und kehrte die Steine und den Sand auf die Seite, so gut es ging.

Frieda und Hugo heirateten dann später auch, ganz ohne meine Mitwirkung und so ein albernes Pfädchen habe ich auch nie wieder gestreut.